UNE BELLE JOURNÉE

Châteauroux — Imp. Nuret, MAJESTÉ, successeur

HENRY CÉARD

UNE

BELLE JOURNÉE

PARIS

G. CHARPENTIER, ÉDITEUR

13, RUE DE GRENELLE-SAINT-GERMAIN, 13

—

1881

A

GABRIEL THYÉBAUT

PREMIÈRE PARTIE

Le quartier de Picpus ne mit jamais en doute la vertu de Mme Duhamain.

Les voisines qui, de leurs fenêtres, la voyaient chez elle, aller, venir, faire ses repassages, boucher ses confitures, saler ses conserves de haricots verts, la trouvaient un peu bien « pot-au-feu » pour son âge : trente ans, à peine. Mais, volontiers, on partageait l'opinion de sa femme de ménage : elle la déclarait « une bonne personne » à cause d'un croûton de pain et d'un verre de vin régulièrement reçus, chaque samedi de quin-

zaine, quand le récurage des chaudrons de
cuivre et le lavage des carreaux de la cuisine,
avec du lait, la retenaient dans la matinée au
de là de onze heures.

— C'est sa rente, disait Mme Duhamain.

Trois ou quatre rues aux alentours la ci-
taient pour les habiles retapages avec lesquels elle faisait durer ses toilettes, les pro-
longeant d'une mode dans une autre ; et, du
boulevard de Reuilly à l'avenue de Saint-
Mandé, les louanges ne tarissaient pas sur
son bon goût et son économie. Sa tenue ne
sentait jamais le rococo, les plus difficiles y
découvraient même des élégances. Aussi, le
dimanche, quand on le voyait marchant à
côté de sa femme et portant dans son bras le
pliant sur lequel elle se reposait au bois de
Vincennes en regardant les boutiquiers jouer
d'innombrables parties de boules, M. Duhamain, architecte, était un mari envié. Elle

lui faisait honneur. Les concierges, assis, prenant le frais, près du ruisseau, les connaissances qui les saluaient en les rencontrant se répétaient qu'ils formaient un petit ménage bien uni. Le fait était acquis, indiscutable. Pourtant, Mme Duhamain avait eu, elle aussi, son aventure : un petit roman très court au souvenir duquel elle souriait ironiquement avec une sorte de pitié aiguë.

L'événement avait commencé dans un bal où son mari avait consenti à la conduire : chez Maurice, avenue de Saint-Mandé, au *Salon des Familles*, un restaurant pour noces et repas de corps, où les jeunes gens de Bercy, des commis en vins, pour la plupart, donnaient des fêtes, par souscription, périodiquement, l'hiver.

D'ordinaire, les Duhamain menaient une existence économique et tranquille. Tous les quinze jours, ils dînaient en famille, le

dimanche, et faisaient de longues parties
de cartes qu'ils interrompaient brusquement
vers minuit moins un quart, pour ne pas
manquer le dernier omnibus et rentrer chez
eux sans faire la dépense d'un fiacre. Quelquefois, les jours de grande revue, quand.
leur curiosité les emportait au delà de Paris,
là-bas, à Longchamps, tout à l'opposé de
leur quartier, l'ennui de revenir, pour ne
trouver « ni pot-au-feu ni écuelle lavée »,
les décidait à manger dehors. Ils s'attablaient
alors dans un bouillon, de préférence chez
Duval. Les restaurants du Palais-Royal les
dégoûtaient depuis que, par l'entre-bâille-
ment d'un vasistas, un soir, en se promenant, ils avaient vu les chefs, en casaque
sale, mettre sur les plats, avec un pinceau,
une sauce, toujours la même.

Leurs grandes débauches ne dépassaient
pas l'enceinte treillagée de vert des cafés-

chantants. Sous l'étoilement des nuits d'été,
parfois, il erraient aux alentours, attrapant
de ci, de là, une bribe de mélodie canaille,
un lambeau de couplet éraillé ; devinaient
au travers des arbres les blancheurs décolle-
tées des chanteuses, apercevaient les manches des contre-basses dont les volutes do-
minaient les touffes naines des rhododen-
drons, suivaient dans la lumière le bout de
l'archet du chef d'orchestre, battant une mesure épileptique, et s'en revenaient satisfaits,
ayant dans les yeux un éblouissement causé
par les becs de gaz qui flamblaient, en dou-
bles rangées, sous des globes de verre dépoli.

Ils voyaient, par hasard, les pièces nouvelles, à la deux centième représentation,
fréquentaient le Théâtre-Français aux mois
d'août et de septembre, quand on « fait la
salle » avec des billets de faveur, rêvaient
d'entendre Thérésa. Leur ambition était

d'aller au théâtre du Palais-Royal. Ils souhaitaient d'y voir Brasseur, parce que Brasseur était un enfant du quartier. On le
disait du moins, des gens dignes de foi.
Mais ils ne voulaient pas « y mettre de
leur poche », trouvaient les places trop
chères, les déclaraient incommodes, s'em-
portaient contre les exigences de la loca-
tion et reculaient la réalisation de leurs
désirs jusqu'à l'arrivée à Paris d'un de leurs
oncles de province. Il s'établirait chez eux
au moment de l'Exposition, pour un mois,
six semaines, le temps qu'il voudrait, avec
lui on ne comptait pas, et c'était bien le moins
qu'il répondît à leur hospitalité par quelque
politesse : une loge, par exemple, louée d'a-
vance pour ne pas faire queue, et placée bien
en face de la scène, un soir qu'on jouerait *la
Cagnotte*.

Mᵐᵉ Duhamain avait des goûts simples, ne

se plaignait jamais de la monotonie de son existence, la trouvait naturelle. Tous les ans, le jour de Pâques, quand il faisait beau, elle mettait une robe neuve, son mari un gilet blanc, des guêtres blanches, et, traversant le bois de Vincennes, bras dessus bras dessous, ils allaient une demi-lieue plus loin, à Charenton, prendre à la station le train pour Villeneuve-Saint-Georges.

Là, ils montaient la rampe de l'église, soufflaient, regardaient Paris, discutaient sur l'emplacement des monuments, s'étonnaient que le Panthéon fût si à droite, ils le croyaient plus à gauche, ensuite, revenaient par Boissy-Saint-Léger, avec une longue promenade, dans la poussière. Ils s'intéressaient aux semences qui commençaient à sortir de terre, regardaient les arbres fruitiers, s'inquiétaient de la récolte, redouaient les gelées blanches qui pouvaient survenir et tout rôtir dans une matinée. Quel désastre alors ! La campagne les touchait à l'égal d'un bien personnel, et ils mettaient à supputer les dommages probables d'une catastrophe l'émotion d'un fermier et l'égoïste anxiété d'un propriétaire.

Parfois ils s'arrêtaient, la face collée aux grilles d'une grande propriété. Ils s'emplissaient les yeux de la verte perspective des pelouses, de l'enfilade sombre des tilleuls bien taillés, déclaraient que c'était là « un domaine princier », puis, reprenaient leur chemin.

Ils marchaient, sans se donner le bras, chacun d'un côté, sur le contrefort de la route, parce que, là, poussait une herbe fripée qu'ils trouvaient douce aux pieds. Peu à peu, grisés par le grand air et dilatés par le soleil, ils se laissaient aller à des exaltations, faisaient des rêves d'indépendance. Quand donc seraient-ils leurs maîtres ? Mais, se résignant vite à des bonheurs plus immédiats, ils se disaient qu'on respirait à l'aise, soufflaient bruyamment afin d'assurer le jeu de leurs poumons, se félicitaient de l'excellente qualité du jambon qu'ils avaient mangé, le matin, à leur déjeuner, un jambon que Mme Duhamain avait fait cuire elle-même dans une poignée de foin complaisamment donnée par un grainetier du voisinage, et qui ne rappelait en rien celui qu'on achète chez le charcutier. C'était « la rente », chez papa, le jour comme aujourd'hui, disait Mme Duhamain. Du reste, répliquait son mari, avec du jambon, du beurre et des petites raves, on vit mieux que chez Véfour à vingt-cinq francs par tête. Et il ajoutait des mots aimables pour la famille de sa femme, spécialement pour la maison de son beau-père qu'il considérait comme tout à fait patriarcale.

M. Duhamain, qui avait lu Balzac, affichait

médaillon battait au bout d'une chaîne d'or,
forte comme une gourmette, elle le trouvait
très aimable avec son élégance de gravure
de tailleur à la mode, sa gaieté apprise dans
les cafés-concerts, sa rondeur de commerçant
qui fait des affaires en blaguant ses clients
et en leur tapant sur le ventre. En voilà un
qui n'engendrait pas la mélancolie et avec
qui l'existence devait être agréable ! On le
voyait toujours le chapeau sur l'oreille, l'air
insouciant et satisfait, et la grosse figure
rougeaude qu'il promenait au-dessus d'un
immense nœud de cravate s'illuminait d'un
enjouement si sincère, que bon gré mal
gré, des envies vous prenaient de rire avec
elle. De plus Trudon mettait un binocle d'or
et portait un diamant au petit doigt de la
main droite, ce que Mme Duhamain jugeait
particulièrement distingué.

Elle provoquait ses complaisances. Une

fois, dans la montée des dernières marches, elle s'était oubliée jusqu'à lui tendre la main et à lui dire : « Tirez-moi ». C'était un enfantillage : elle n'y attachait pas d'importance. Quand elle réfléchit, elle n'eut pas de confusion. Elle ne faisait pas de mal, n'est-ce pas ? On peut bien s'amuser un peu. Trudon, lui, s'en voulait, ne se pardonnait pas de n'avoir point tenté de l'embrasser, se traitait d'imbécile, tout bas, et se promettait une revanche. A son avis, M. Duhamain avait une tête à ne passer longtemps sous la porte Saint-Denis : il comptait bien y être pour quelque chose.

Il habitait un appartement situé juste au-dessus de l'appartement occupé par M. et Mme Duhamain : y donnait des bals. Et, souvent, les deux bourgeois s'endormaient au bruit de son piano où des mains maladroites varlopaient la *Valse des Roses*.

Parfois aussi, ils maugréaient, réveillés
au milieu de la nuit par le tapage continu
des bottines ébranlant le parquet, suivant la mesure de *Sultan-Polka*. Entre les
danses, des rires de femmes résonnaient
par les beaux soirs d'été, sur la terrasse encombrée de fleurs que Trudon arrosait lui-
même, avec soin, tous les jours, si bien que
Mme Duhamain, tourmentée par un désir d'a-
musement et séduite par la verdure, enviait
à la fois la gaîté des réunions et la luxuriante
horticulture de son voisin.

Un matin, sans qu'on ait pu expliquer
comment, soit vétusté d'une caisse ou fêlure
invisible d'un pot, l'eau tomba en douche sur
sa tête, alors qu'elle prenait le frais, au-dessous. Elle se pencha en dehors de la fenêtre,
chercha à apercevoir Trudon, cria, ne fut
pas entendue. Elle était seule. La femme de
ménage venait de sortir, M. Duhamain était

absent. L'eau continuant à tomber, lassée de
cette cascade persistante, rapidement, elle
monta chez Trudon, sonna, se plaignit, avec
douceur.

— Mais comment donc. Elle le voyait désolé, s'il avait su !

Il se confondait en excuses, s'infor-
mait :

— Vos vêtements n'ont pas été gâtés, au
moins ?

Intimement il s'applaudissait du hasard
qui le mettait ainsi face à face avec Mme Duhamain. Il était pourtant bien roublard. Jamais
cependant il n'aurait imaginé ce truc-là.
Pourquoi ne pensait-on pas aux choses simples? Une bonne invention à retenir pour
l'employer une autre fois.

Ils se tenaient debout, vis-à-vis l'un de l'autre. Lui, dans son antichambre, elle, sur le
paillasson, un peu penchée, une main ap-

puyée au battant de la porte, soufflait à petits coups.

Échappés d'un filet de nuit à grandes mailles, en coton blanc, de petits frisons d'un blond brunissant couraient sur son front, tombaient un peu sur ses yeux cernés par la fatigue d'un trop long sommeil. Elle venait de se débarbouiller, et de son mouchoir tiré pour étouffer une légère toux, de son peignoir bleu ciel bien ajusté qui accusait les hanches et dessinait les lignes molles de son torse sans corset, de sa bouche, de ses mains fraîchement lavées, de toute sa grassouillette petite personne, une pénétrante odeur s'échappait : l'odeur de la frangipane, un parfum cher dans lequel se réfugiaient, malgré son mari, les élégances survivantes de Mᵐᵉ Duhamain. Là, avec son visage rose d'émotion, avec ses timidités de pensionnaire et ses grâces mûres de femme faite, elle était désirable, énormément. Trudon, dans son esprit, la comparait à ses maîtresses, à celles-là même qui lui avaient fait le plus d'honneur! Comme elle était loin des femmes entretenues qu'il aimait le temps d'un souper, d'une soulographie ou d'un bal ! Comme elle était loin surtout des dondons fournies par son ami Chanousse, le propriétaire d'un bureau de placement qui, pêle-mêle, envoyait complaisamment à ses tendresses d'un quart d'heure toutes les cuisinières, bonnes ou femmes de chambre sans place sur le pavé de Paris.

Alors, devant le déshabillé sans apprêt de cette petite bourgoise, un envie folle le prit, et tout secoué par l'espérance de posséder une jolie femme, tout joyeux de penser qu'il pourait tromper un mari, il redoubla d'aménité ét de bonne grâce.

— Quel mal élevé il faisait ! Il ne lui offrait seulement pas d'entrer. Elle s'asseyerait bien

un moment, n'est-ce pas ? L'escalier était si
raide. Vous avez monté les marches quatre à
quatre, je parie.

Elle ne disait pas : non.

— Venez donc vous reposer.

Autour d'eux, dans les appartements voisins, des pendules sonnaient : le coucou d'une
horloge suisse chantait. Au fond du corridor de
Trudon, le timbre, mis en branle par Mme Duhamain, vibrait encore, doucement, avec le
murmure étouffé d'un tableau à musique.

— Vous n'entrez pas ?

Mais elle se défendait, trouvait l'idée bi-
zarre.

Il offrit de lui montrer ses fleurs.

— Oh ! elle savait bien, elles étaient très-
belles.

— Pourquoi ne pas entrer les voir, alors?

— Chez un garçon, merci, qu'est-ce donc
qu'on dirait? Et mon mari !

— Est-ce qu'il serait jaloux ? dit Trudon, d'un air fin.

— Dame on ne sait pas.

— Eh bien, si vous ne savez pas...

Il avait ouvert la porte, toute grande, lui avait pris la main, la tirait, sans violence. Elle se débattait.

— Voulez-vous finir. Est-ce que c'est une place pour mettre ses mains. Voyez-vous qu'on nous voie ! Ce serait du joli. Plaisanterie à part, ça manquait de sérieux.

— Nous nous fâchons ?

— Non, mais vous savez bien que ce n'est pas possible, laissez-moi.

Cependant, elle ne pouvait s'empêcher de rire. Elle trouvait Trudon tout à fait drôle avec ses sollicitations et ses amicales brusqueries. Un moment, s'il avait su insister, elle serait entrée, volontiers, pour voir. Une curiosité l'avait prise de se promener dans un intérieur de garçon, d'y passer un instant, en tout bien tout honneur, découvrant des mystères, cherchant des épingles à cheveux et devinant des femmes derrière les menus bibelots auxquels elle toucherait. Mais, une minute après, cette envie l'abandonna. Elle se souvint qu'elle était là, sur le palier, qu'il pouvait passer du monde, des mauvaises langues, une bonne descendant de sa chambre sous les toits, un fournisseur montant chez une cliente, la portière allant d'étage en étage récurer les cuivres des poignées de porte. On la verrait, et Dieu sait quels cancans en résulteraient. Alors, elle devint intraitable, sa voix s'encolérait.

— Non, non, non, elle avait dit non. Pour qui la prenait-il?

Et, se dégageant vivement de l'étreinte de Trudon ahuri, elle releva la traîne de son peignoir et disparut dans l'escalier, criant:

— Une autre fois, faites attention, n'est-
ce pas ?

Elle voulait parler des fleurs, de l'eau, de
cette aventure de la terrasse qui l'avait forcée
à cette démarche effrayante maintenant
qu'elle était faite. Elle haussait le ton, par
crainte, se donnait l'air d'avoir été surprise,
de s'excuser, de fournir des raisons. Pourtant, du haut en bas de l'escalier, personne.
Rien ne s'entendait, sinon le claquement
brutal de la porte que, derrière Mme Duhamain, Trudon venait de fermer avec un furieux geste de dépit.

Deux mois, et le souvenir de cette entrevue leur apportait souvent à tous les deux
la tristesse d'un regret, le trouble d'un grand
désir.

Le soir du bal, M. Duhamain se dépensa

en prévenances insupportables. D'abord il prétendit ordonner la toilette de sa femme. Toute la semaine, il avait grogné à cause de la couleur de la robe, à cause du décolletage, des rubans, à cause de tout. Le corsage était vraiment trop échancré, il n'y avait pas de bon sens, elle s'enrhumerait. Et maintenant qu'il en avait pris son parti, il amoncelait sur une chaise toutes les capelines, toutes les pelisses, tous les fichus déterrés au fond des armoires. Il s'obstinait à vouloir les emporter, en même temps qu'une vieille palatine passée de mode et dont le poil tombait. Deux précautions valent mieux qu'une, et le trop en cela....

— C'est bon, c'est bon, disait Mme Duhamain, si j'attrape froid, je m'en apercevrai mieux que personne; et puis quand on s'amuse, on n'est jamais malade.

A la fin, il se décida, en maugréant, à

rcjeter la palatine dans un placard, au milieu des objets de rebut, d'où il l'avait tirée.

M. Duhamain se forçait à la patience,
s'étudiait à se taire, craignait de laisser
échapper des mots, des appréciations désa-
gréables. Un moment il eut l'idée de déclarer
que, puisqu'il en était ainsi, eh bien, non, ils
n'iraient pas à ce bal. Mais quoi? les frais
étaient faits : la coiffeuse payée, les gants
blancs achetés, le fiacre commandé. Ce serait de l'argent perdu. Alors il se résigna
et, silencieusement, il regarda sa femme qui
finissait de s'habiller. Ses minauderies en
face de son miroir, sa façon de se blan -
chir les épaules avec la houppette de cygne
pleine de poudre de riz, ses piétinements
raccourcis, ses perpétuels va-et-vient dans
la chambre, le mettaient hors de lui. Des
jalousies féroces lui montaient du cœur en
songeant que c'était pour les autres que sa

3.

femme se parait ainsi. Pour la première fois
depuis son mariage, il s'aperçut que Mme Duhamain était jolie, bien faite. Tout à coup,
d'imbéciles orgueils le tourmentèrent. Il
avait hâte de la mener dans ce monde où
elle lui ferait honneur, et, dans un accès de
vanité naïve, il en venait à lui souhaiter
du succès, beaucoup de cavaliers. Il espéra
qu'elle serait la reine du bal.

Il lui souriait, parlait doucement :

— Je t'en prie, dépêche-toi donc, Ernestine.
Et ses lèvres avaient des frémissements vo-
luptueux, comme des promesses de baisers.
Des envies chaudes lui prenaient de lui tomber dessus et de la manger de caresses.

Mme Duhamain n'écoutait point ou répondait avec indifférence, par un oui, un non,
un laisse donc impatientants. Dans ses jupons empesés, massés sous la queue traî-
nante de sa robe en gaze de Chambéry rayée

satin et garnie de nœuds en faille assortis à
la nuance bleu tendre du tissu déclaré très
avantageux par le catalogue des magasins
du *Bon Marché,* il lui semblait qu'elle était
délivrée de son mari. Enfin, elle allait donc s'a
muser ! Elle chantonnait, au hasard, des airs
quelconques, sans suite, et parfois, au milieu
de l'appartement, devant l'armoire à glace
s'oubliait jusqu'à tourner, tourner longtemps
comme une folle ; puis soudain s'accroupis-
sait, laissant sa jupe s'étaler autour d'elle
largement, « faisant des fromages », comme
aux jours qu'elle était petite fille.

— Tu sais qu'il va être onze heures,
voiture doit se trouver en bas.

— Eh bien, c'est bon, elle attendra. Allons, tiens, ça y est.

Et, la poitrine nue, au milieu d'un compliqué fouillis de rubans et de dentelles, les
bras nus, la gorge nue, sentant une bonne

odeur de femme récemment revenue du bain,
de maréchale, de linge blanc et délicat, elle
lui sauta au cou en disant :

— Embrassez-moi, monsieur, vite, vite,
plus vite que ça.

Lui, grave, étriqué, les bras trop longs
dans les manches de son habit noir, l'habit
de sa noce, était d'une humeur massacrante.
Décidément, il n'avait pas de chance. Pour
la deuxième fois de la soirée, il venait de
livrer bataille à ses boutons de chemise, et
n'était qu'à grand'peine arrivé à les ajuster
sans froisser la blancheur de son plastron. Il
baisa sa femme, du bout des lèvres, comme
par devoir, machinalement.

— Eh ! laisse donc, nous n'arriverons jamais.

Sa passion de tout à l'heure était tombée.
Maintenant, le bal lui apparaissait ainsi
qu'une corvée ; il avait hâte d'en être dé-

barrassé, ne se gênait pas pour le laisser
entendre.

— Vraiment?

Alors, le regardant en face, d'un air mu-
tin, elle lui rit au nez. Puis, le poussant d'un
geste de dépit amical :

— Vilain grognon, va.

La route fut silencieuse. Ils boudaient,
étaient mécontents d'eux-mêmes, des chevaux, qu'ils accusaient de ne pas trotter assez vite, du fiacre, avec sa caisse étroite,
dans laquelle ils ne pouvaient allonger leurs
jambes. Mme Duhamain, tremblant que sa
robe fût fripée, sa coiffure dérangée, s'étalait, envahissait tout le coussin, chassait
lentement son mari de la banquette. Peu à
peu, elle l'avait tellement forcé de se reculer
qu'il n'était plus assis que de trois-quarts,
sur une seule fesse.

Enfin, au bout d'une avenue noire, des

globes de verre dépoli dessinèrent dans la
nuit un demi-cercle de lumières rondes. Des
sergents de ville furent aperçus, immobiles
dans leur capote, de chaque côté d'une
porte vitrée dont les vantaux battaient et re-
battaient sans cesse. Des portières se fermaient avec bruit. Des burnous, des châles
passaient, enveloppant des femmes saluées
par les casquettes des commissionnaires. Un
tumulte de voix s'élevait, dominé par la mélodie essoufflée d'un piston jouant la coda
d'une mazurque. C'était le *Salon des Familles*. Ils entrèrent.

Un quadrille des lanciers commençait.
D'un bout à l'autre d'un grand salon où des
lustres pareils à des artichauts lumineux
jetaient la clarté crue de deux cents becs de
gaz, des couples se tiraient de profondes ré-

vérences, cérémonieusement, sans entrain.
Chez tous ces danseurs, chez toutes ces
danseuses, on sentait une raideur voulue, un
parti-pris de garder la dignité endossée,
par hasard, avec les toilettes de soirée.

Assis sur une banquette de velours élimé,
M.ᵐᵉ Duhamain, auprès de son mari, vit défiler
devant elle l'apothéose des élégances de son
quartier. Elle reconnaissait au passage son
boulanger, son boucher, tous ses fournisseurs ; des jeunes filles qu'elle coudoyait,
quelquefois, à la messe, des jeunes gens
qu'elle rencontrait dans la rue, dans les
allées du bois de Vincennes, et qui la sâ-
luaient d'un signe de tête, familièrement.
Ils étaient là tous, depuis les commis des
négociants en vins raidis dans leurs habits
noirs, jouant avec leurs chapeaux à claque,
promenant la correction cérémonieuse des
figurants qui représentent les invités muets

sur les scènes de second ordre, jusqu'aux jardiniers de la vallée de Fécamp, en redingote, chaussés de lourds souliers à clous et ne sachant que faire de leurs mains difficilement gantées. Elles étaient là toutes, depuis la couturière svelte étalant le bon goût de sa mise comme une vivante réclame pour sa maison, jusqu'à la grosse commerçante corsetée ainsi qu'aux grands jours et portant la rare toilette des messes de mariage et des soirs de loge gratuite à l'Opéra-Comique. Tous et toutes, ils étaient là, jusqu'à la femme du commissaire de police, une grande, en robe de velours noir, si profondément décolletée qu'elle faisait scandale. Des pudeurs s'effarouchaient. Derrière elle, des mots crus étaient prononcés tandis que les demoiselles baissaient les yeux, riaient en dessous, et que des jeunes gens se pressaient, couraient, pour voir.

Il y avait aussi des figures nouvelles pour l'endroit, des toilettes luxueuses qui venaient de Paris, des fillettes bien ajustées sentant le raffinement et le vice. Audacieux, au milieu des groupes, M. Vérain, un comptable très connu, promenait sa maîtresse, une blonde fanée, si maigre qu'elle semblait séchée dans sa robe de soie noire criblée de camélias blancs. Les mères de famille s'arrêtant de bailler, lui reprochaient entre elles de s'afficher ainsi, se plaignaient, et les organisateurs du bal, très émus, parlaient d'aller trouver les deux irréguliers et de les mettre à la porte.

— Tu vois bien celui-là, dit tout à coup M. Duhamain, en désignant un individu que sa femme ne regarda même pas : je parie qu'il est de la police.

— C'est son affaire.

— Oui, oui, je l'ai vu. Il est employé à la

4

mairie et va dans les bals, le soir, pour surveiller.

C'étaient les premières paroles qu'il pronon-
çât depuis une heure. Maintenant, dans la
chaude atmosphère qui montait de ces poi-
trines nues baignées d'odeur, de ces corps
féminins mis en mouvement, sa colère diminuait. Il devenait plus doux, oubliait la maladresse du cocher qui, négligeant de les conduire jusque sous la marquise, les avait for-
cés à traverser dans la brume quinze mètres
de trottoir au moins ; il avait calculé. Il pardonnait au vestiaire ses lenteurs, ne voulait
plus se souvenir des difficultés qu'il avait
éprouvées pour retrouver ses cartes d'entrée,
perdues au fond de la poche de son paletot.
Lui aussi, des besoins de gaîté le prenaient.

Il songeait à passer la nuit aimablement
et de l'œil, choisissait quelle dame il irait
inviter, cherchait des amis pour lui faire

vis-à-vis. Il essaya de danser, mais ses airs reiches, son peu de sens de la mesure, la persistante maladresse avec laquelle il écrasa les fins souliers des demoiselles, firent que bientôt on se le désigna, et ses avances furent repoussées, unanimement. Alors il prit le parti de s'en aller et joua au billard, dans une arrière-salle, avec un monsieur chauve, un inconnu, qui le désespéra par la fréquence de ses quatre bandes. De temps en temps, il revenait, bousculait les danseurs, rejoignait sa femme, et la voyant suante, emportée par de grands temps de valse, lui disait :

— Hein ! ça va, tu t'en donnes. Prends garde d'attraper du mal.

Une fois, elle lui demanda de danser une polka avec elle, oh ! rien qu'une seule. Il eut peur du ridicule, refusa.

— Non, non, il y avait assez de cavaliers sans lui.

— A ton aise, Blaise,

— Oui, oui, mais ne t'enrhume pas.

— Pauvre homme, pensait Mme Duhamain, il doit bien s'ennuyer, tout de même.

Elle, s'amusait prodigieusement. Depuis le soir lointain de sa noce, jamais elle ne s'était trouvée à pareille fête. Cette grande salle lui paraissait admirable avec ses glaces au tain piqueté, ses tentures de velours bilieux, ses attributs mythologiques qui se détachaient en gris sur la couleur lie de vin tendre de la muraille. Avec délices, elle respirait l'air poussiéreux qui montait du parquet tapé par d'incessants piétinements, elle humait cette odeur aigre à faire tousser, ce relent d'encre de Chine que dégagent les élégances secrètes d'une foule échauffée. Pour elle, tout était plaisir, tout, jusqu'aux coups de coude qu'elle recevait, et elle riait comme une folle quand sa robe, déchirée,

laissait par terre de grands lambeaux d'é-
toffe flottante ; quand boiteuse et mal en
équilibre sur une seule jambe, elle attendait que son danseur eût rattrapé son soulier droit, une diablesse de chaussure trop
large qu'elle perdait sans cesse, et que les
voisins, d'un coup de pied, sans le faire
exprès, envoyaient quelquefois très loin, à
l'autre extrémité du salon.

Elle trouvait d'intimes beautés aux valses
de Métra que là-bas, sur une estrade dressée
dans une haute niche tapissée de feuillages
exécutés en trompe-l'œil, un orchestre nombreux jouait à grand renfort d'archets et de
pistons. Elle s'enivrait à tourner furieusement, la taille abandonnée au bras des habits
noirs, la tête en arrière ; sautait comme une
chèvre au rhythme battant des polkas. Les
yeux noyés, cernés par un rêve de volupté,
elle s'alanguissait pendant les lentes me-

4.

sures des mazurques, et les messieurs, en
camarades, se la recommandaient comme
une femme qui « rendait ».

Mais elle se montrait difficile, n'acceptait
pas le premier venu, sûre que si jamais il
lui arrivait de ne pas avoir de cavalier,
Trudon était là, tout prêt, à sa disposition.

Il s'avançait, le torse roulant un peu sur
les hanches. Son pantalon noir, très collant,
faisait saillir les muscles de ses cuisses, et,
légèrement, sur la pointe vernie de ses escar-
pins, il se balançait, une rose blanche à la
boutonnière, l'air toujours souriant.

— Ça vous ennuie, peut-être ?

Au contraire ! Il était charmé de lui être
agréable. A son avis, personne ne dansait
comme elle. On aurait dit qu'elle n'avait jamais fait autre chose pendant toute sa vie. Il
la complimentait, s'ingéniait à des trouvailles
de gracieusetés. Pendant les polkas, il met-

trait la queue de sa robe sur son bras, afin qu'on ne marchât pas dessus. Arrivait-il un accident? Il lui tendait des épingles pour rajuster les abîmés ou les fronces craquées. Voulait-elle se reposer? Il lui avançait une chaise. Perdait-elle son soulier? Il triomphait. En deux sauts, il le ramassait, et le rapportant, avec une allure grave, il la comparait à Cendrillon, ce qui excitait leur rire, à tous les deux.

M. Duhamain apparaissait par moments, grondait sa femme :

— Elle donnerait donc de la tablature à tout le monde ?

Trudon l'excusait, et ne la quittait point sans s'être fait promettre une valse.

— A deux temps?

— Si vous voulez.

Même il proposa de lui apprendre la schottisch, une danse déjà ancienne et que cependant elle n'avait jamais sue.

Non, elle aimait mieux la valse. On était
moins bousculé. Les mamans l'interdisaient
comme indécente, et les rares demoiselles
qui essayaient d'enfreindre la défense, manquaient d'habitude et retournaient vite à
leurs places, la tête perdue, chancelantes,
avec un grand mal de cœur. La salle se dé-
blayait ainsi. Quelques couples seulement
tournoyaient, très à leur aise. Les vieillesses
qui faisaient tapisserie sur les banquettes,
les fatigues échouées sur les chaises, soufflant et s'épongeant avec leurs mouchoirs,
les regardaient, par désœuvrement. Trudon
et Mme Duhamain étaient surtout remarqués.
En voilà deux qui s'entendaient bien, par
exemple !

A cheval et comme emmanchée sur le genou droit de Trudon, Mme Duhamain, avec
grâce, oscillait. Une fois en avant, une fois

en arrière, toujours suivant la mesure, elle
s'élevait et s'abaissait avec un régulier mouvement de balancier. A certains moments,
quand elle se mettait à tourner, rien d'elle
n'apparaissait plus qu'une envolée tumul-
tueuse de jupons, et dessous, des petits
pieds hissés sur l'extrémité pivotante des semelles. Puis elle voltait à droite, à gauche,
elle voltait, et c'était alors qu'on l'admirait
beaucoup, quand, autour du pantalon noir de
Trudon, la queue de la robe alternativement
s'enroulait et se déroulait, imitant les ondu-
lations molles d'un reptile engourdi.

Soudain un chant de piston éclatait, et elle
s'élançait, plus rapide. Tour à tour rejetée
par les contre-temps saccadés des cuivres,
ainsi qu'une toupie cognée à tous les obstacles d'un billard hollandais, elle allait, venait,
rebondissait, emportée par une giration
folle. Ses jupes soufflaient un grand vent sur

son passage. « Ça fait un éventail, » disaient
les mères de famille. Des jeunes gens rica-
naient, la bouche pleine de plaisanteries obscènes, aspiraient au moment où ils pour-
raient voir la couleur de ses jarretières. Et
Trudon, un peu plus grand, dressait au-dessus des marguerites de la coiffure de Mme Duhamain sa grosse face souriante, toute rouge
et mouillée d'un commencement de sueur.

Ils causaient. C'était lui qui avait procuré
les billets, n'est-ce pas ? Elle le remercia.

— Non, il n'y avait pas de quoi.

— Quelle chaleur, dites donc ?

— Le fait est.

— Suis-je assez maladroite, hein ?

Elle venait de manquer la mesure. Ils pié-
tinèrent sur place, pendant un moment,
comptant une, deux, trois, puis, ils repar-
tirent.

— Je danse mal, n'est-ce pas ?

Trudon, galamment, la défendait contre elle-même.

— Mais non, vous vous calomniez, je vous assure.

— Oui, oui, vous n'osez pas me le dire par politesse. Mais je le sens bien, allez, je vous fatigue.

— Pas pour un sou.

— Songez donc, il y a si longtemps que ça ne m'est arrivé d'aller au bal. A peine si je me souviens des figures de quadrille. Et puis, au couvent, on faisait semblant de nous apprendre, on ne nous apprenait pas. Les religieuses ne voulaient pas qu'on se tînt par la taille. Elles ne trouvaient pas ça décent, paraît-il. Vous jugez !

Elle s'interrompit.

— Vous êtes fatiguée, dit Trudon.

— Moi, fatiguée, jamais. J'irais comme cela toute la nuit. Oh ! pardon.

— Quoi donc?

— Je ne fais pas attention, et je vous salis tout plein.

Elle s'excusait de ce que la poudre de riz de sa figure et de ses épaules blanchissait par endroits l'habit noir de Trudon. Mais il le fallait bien. Elle en mettait, pas beaucoup, ça la rafraîchissait. Même elle avait pris sa houpette. Elle la portait, là, dans sa poche, enveloppée dans un morceau de journal. C'est qu'elle n'était pas une coquette, elle, elle ne possédait pas la petite boîte d'ivoire avec la glace, au fond de son couvercle.

M. Duhamain avait voulu lui en acheter une, mais elle avait refusé, pour éviter la dépense, ça coûte encore cher, ces machines-là. Bah! pour une fois, ça allait tout de même. Les gens qui avaient perdu leur femme ne viendraient pas la chercher-là.

Trudon acquiesçait. Et, changeant de conversation.

— Elle est bien jolie, cette valse.

— Oui, très dansante.

— Est-ce que vous êtes engagée pour la première redowa?

Mme Duhamain hésita. Elle avait peur de s'afficher en acceptant trop souvent Trudon pour cavalier. Et d'une manière indécise, sans oser refuser positivement :

— Elle consulterait son carnet. Pourtant non, elle ne croyait pas être retenue.

— Vous l'avez peut-être promise à un autre.

— A qui donc, mon Dieu ?

— Mais à votre mari, qui sait ?

— Oh lui ! fit Mme Duhamain, d'un ton dédaigneux.

Il se turent. Pendant une seconde, ils tournèrent en silence, comme gênés par cette

évocation involontaire. Sous l'archet du chef
d'orchestre, la valse se déroulait, sans pré-
cipitation, sans violence, avec des douceurs
de caresse et des alanguissements de ber-
ceuse.

Trudon se décida le premier à parler.

—.Le fait est que je ne le vois pas, votre
mari.

— Il est par là, autour.

— Ah !

— Oui, je crois qu'il joue au billard.

— Pas possible !

— Une drôle d'idée, hein ?

Ils se serraient l'un contre l'autre, leurs
lèvres se touchaient, presque. Mais l'i-
vresse du plaisir, un peu de vertige, la
fatigue amenée par l'heure avancée de la
nuit, ôtaient toute conscience à Mᵐᵉ Duhamain. Le souffle de Trudon, un souffle chaud
d'eau de Botot, lui passait sur le visage.

Se reculer ? Elle n'y songea même pas.

La valse allait finir : la coda s'accélérait avec de furieux démanchés.

Les couples s'étaient rapprochés. Les plastrons blancs des chemises des hommes s'appuyaient plus fort contre les seins poudre de rizés des femmes : les mains s'assuraient autour des tailles, tandis que, les bras gauches s'arcboutaient pour repousser les rencontres. Le rhythme s'exagérait. Pressé dans sa mesure, il sautait d'instruments en instruments, s'abattait soudain, essoufflé, hors d'haleine. Un coup de caisse le ramassait violemment, le jetait aux violons, et les violons l'égrenaient en notes aiguës, devant lesquelles les danseurs, plus rapides, d'un bout à l'autre de la salle, fuyaient comme devant un chatouillement.

Alors tout en multipliant ses pirouettes, Trudon devint très tendre. D'un ton respec-

tueux et passionné, il lui débita toutes les
fadaises de l'amour, toutes les niaiseries
des déclarations, épuisa les formules sous
lesquelles la phraséologie galante dissimule
la brutalité du désir, fit des serments.

Mᵐᵉ Duhamain l'écoutait sans colère, chatouillée dans sa vanité, caressée dans sa
chair. Elle s'éveillait à des coquetteries sou-
daines, jouissait éperdûment de ces hommages rendus pour la première fois aux provoquantes incorrections de son corps de
femme, et ses oreilles s'ouvraient toutes
grandes à ces paroles d'adoration sensuelle
et de tendre luxure qui n'étaient jamais tom-
bées des lèvres de son mari. Pourtant, elle
se défendait, à demi, par des conditionnels :

— Non, vraiment, ce ne serait pas bien.

Sur le dos de Mᵐᵉ Duhamain les cheveux
se dépeignaient, les anglaises allongeaient
leurs tire-bouchons, et les frisures, sur le

front, commençaient à pendre et à coller. Sous les bras, des plaques humides se dessinaient, mangeant circulairement la couleur tendre de l'étoffe.

Mais Trudon, sans se lasser, recommençait à l'accabler d'éloges. Il vantait sa toilette, sa beauté, sa coiffure, sa grâce, pêle-mêle, confondant tout, exprès, pour paraître avoir plus de sincérité, d'élan. Elle se taisait. Alors craignant de manquer encore une fois l'occasion, il se hâta d'en finir, et comme pour prendre possession d'elle, il la baisa sur l'épaule, brusquement.

Elle ne s'irrita point, mais le regardant avec fixité, dans les yeux, d'une voix abandonnée :

— Vous m'aimez donc ?

Il ne s'attendait pas à cette question et demeura interloqué, puis :

— Vous en doutez ? Où pourrait-on vous le dire mieux qu'ici ?

Elle continuait à garder le silence. Les derniers accords de la valse tombaient dans la salle vidée de danseurs, ils s'arrêtèrent. Autour des mamans somnolentes des odeurs salées de transpiration et de poussière, montaient. Les messieurs saluaient, le corps plié en charnière, les danseuses faisaient des révérences qui montraient, au fond de leurs décolletages, des chemises roulées en tampon. Des mains se serraient à travers les gants blancs mouillés, racornis par la sueur, au bout des doigts. Au loin, chez un maraîcher, un coq enroué, chantait.

Tout en reconduisant Mᵐᵉ Duhamain à sa place, Trudon discutait, s'efforçait de lever ses scrupules.

— Laissez-moi !

— On rirait un peu, ensemble.

— Non, laissez-moi, je vous en prie.

M. Duhamain rentrait, l'air renfrogné,

les yeux tirés jusqu'au milieu du visage. Il
se disait très las, voulait s'en aller. C'était
une heure raisonnable d'ailleurs, et il montrait à sa femme, trois heures du matin au
cadran de sa montre.

— Allons, viens.

Mme Duhamain résistait. Elle repoussa le
waterproof qu'il voulait lui jeter, de force,
sur les épaules.

— Encore cette danse, rien que celle-là.

— Non, non, j'ai une voiture qui attend.
Tu serais rompue demain matin.

Elle n'entendait pas, s'enlevait déjà avec
Trudon sur les premiers accords de l'orchestre, et ne faisant pas attention, dans
leur impatience, ils dansaient les mesures de
l'introduction.

M. Duhamain courut après eux, les arrêta :

— Voyons, c'est impatientant à la fin.
Quand on te dit quelque chose, Ernestine...

Mais reconnaissant Trudon, il devint plus aimable. A son tour il le remercia des billets qu'il avait bien voulu lui procurer et, par politesse, ils se crut obligé de faire l'éloge de la fête. A son avis, la soirée était très animée, un peu chaude, par exemple. Que de monde, dites donc, que de monde ! De temps en temps, au milieu de son enthousiasme factice, il s'interrompait pour crier à sa femme :

— Mais dépêche-toi donc, Ernestine, dépêche-toi donc.

Autour d'eux, le tapage grandissait, devenait vacarme. Les gravités se détendaient, les danses tourbillonnaient, frénétiquement, et, dans les pastourelles, la salle entière, à pleine voix, répétait les refrains des chansons à la mode. On finissait par se lasser de cette dignité qui, pendant trois heures avait raidi les figures des lanciers, et fait dames

et cavaliers se saluer cérémonieusement en
repétant : « soyons sérieux », ou « nous dan-
sons comme chez M. Thiers ».

Maintenant de grosses gaîtés s'épanouis-
saient, mises en train par de lourdes sottises, d'épaisses plaisanteries. Quand un quadrille cessait, des jeunes filles criaient *bis*.
Des bouches s'ouvraient prêtes à rire de
tout, pourvu que ce fût bête. Alors, au milieu de ces femmes dont le bon ton se dé-
braillait à la longue en même temps que les
corsages, et dont la correction d'un instant
fuyait avec les volants arrachés de leurs
robes fanées ; au milieu de la déroute des
élégances et de l'envolement des cheveux
dépeignés par la lassitude et la valse,
des farceurs imaginèrent de répéter les
mots d'impatience et de commandement
avec lesquels M. Duhamain gourmandait,
dans un coin, les lenteurs de sa femme.

— Mais dépêche-toi donc, Ernestine, dépêche-toi donc !

La phrase allait de couple en couple.
Chacun se la rejetait, sans savoir pourquoi, pris d'un vertige de niaiserie. Elle
courait, disparaissait sous les coups sourds
de la contrebasse, flottait en l'air avec un
trait aigu de petite flûte, sombrait parmi
les notes graves des trombones, rebondissait, guillerette, avec un pizzicato de violons, et Mme Duhamain, en train de changer
de chaussures dans un enfoncement de l'estrade qui supportait l'orchestre, entendait,
derrière elle, des voix ironiques qui chu-
chottaient :

— Mais dépêche-toi donc, Ernestine, dépêche-toi donc !

Une rage violente la saisit. En un instant
les écœurements de sa vie d'honnêteté lui
apparurent. Elle eut la vision furieuse et dé-

mesurée de la nullité crasse de son mari, de
la continuelle platitude de son existence.
Oui, toujours il s'était montré maladroit,
grognon, insupportable. A la maison, passe
encore, mais voilà que maintenant il la rendait ridicule. Il lui faisait des scènes, en public, devant tout le quartier qui défilait en se
moquant d'elle.

— Mais dépêche-toi donc, Ernestine, dépêche-toi donc !

Ses mains tremblaient sur le tire-bouton.
en songeant à l'effondrement de sa jeunesse.
Oui, elle était, pour toute sa vie, rivée à ce
balourd qui ne lui permettait pas même de
s'amuser une fois, par hasard, tout son
soûl ! Il l'emmenait juste au moment où
l'on commençait à se mettre en train, et
c'était fini, elle se doutait bien que le bal
prochain se passerait d'elle.

Une belle soirée, ma foi, qui n'allait lui

laisser que des regrets. Ah ! non, par exemple, venir pour s'embêter et être montrée
au doigt, elle en avait assez, à la fin, elle
se vengerait

— Mais dépêche-toi donc, Ernestine, dépêche-toi donc ! disait encore M. Duhamain.

— Voilà, j'y suis, et, les yeux brillants
d'une montée de larmes, elle se releva.

— Tu n'oublies rien ?

— Non.

— Veux-tu mon bras ?

— Non, il y a trop de monde, marche devant, ce sera plus commode.

Comme Trudon s'approchait pour lui faire
ses adieux et la saluer, d'un coup d'œil elle
lui montra l'air gauche de M. Duhamain
dont l'habit noir, les épaules grises de poussière, fonçait dans la foule, et sourit d'un air
de pitié et de mépris. Puis se penchant, à
mi-voix :

— Dimanche matin, pont de Bercy, onze heures.

Ce rendez-vous donné, elle disparut dans le remous enragé d'une polka.

Trudon souriait toujours. Il écrivit sur son agenda le jour, l'heure et l'endroit, désignant Mme Duhamain seulement par une initiale. C'était un homme d'ordre : il avait des délicatesses insoupçonnées, ne se serait jamais pardonné une maladresse qui aurait pu compromettre une femme. Puis, l'esprit plus léger, il se mit en quête d'un vis-à-vis pour le quadrille dont le prélude assourdissait d'un tel tintamarre de grosse caisse et de sonnailles que, là haut, sur son estrade, l'orchestre forcené semblait piler de la musique.

DEUXIÈME PARTIE

Le dimanche suivant, Trudon arriva au rendez-vous vingt minutes en avance. Positivement, elle l'intéressait cette petite bourgeoise et lui inspirait de la passion, presque. Il avait mal dormi, la tête à l'envers, surexcité par l'angoisse du désir. Toute la nuit précédente, une persistante fièvre d'impatience l'avait tourné et retourné au milieu de ses draps défaits ; il avait entendu sonner les demies de toutes les heures, et n'y tenant plus, s'était levé de grand matin. Pris d'un besoin de mouvement, il marchait dans sa chambre, à grands pas, regardait souvent la pendule, maudissant la lenteur des aiguilles.

— Eh bien en voilà un aria ! s'écria la femme de ménage stupéfiée par la déroute de l'oreiller, de l'édredon et des couvertures. Qu'est-ce que vous avez donc fait ? Et, malicieusement, elle ajouta :

— Hein ? elle était mauvaise coucheuse ?

Trudon la traita de vieille bête, qui est-ce qui lui demandait ses réflexions ? Elle était priée de les garder pour elle.

Cette allusion à ses amours de rencontre l'exaspérait, elle lui semblait une insulte, une salissure pour Mme Duhamain. Jamais ses autres aventures ne lui avaient causé une semblable émotion. Il redoutait des résistances impossibles à briser, était humilié d'avance, en songeant qu'il pourrait bien « faire chou-blanc », ne pas réussir. Ordinairement les femmes qu'il attaquait ne se

défendaient que mal, pour la forme. Chez
elles, c'était souvent une façon habile d'irriter les convoitises, un procédé pour se
faire payer plus cher. Mais ces grandes comédies de pudeur ne tenaient pas longtemps
devant l'offre d'un ou deux louis, l'appât du
loyer payé, le mince cadeau d'une paire de
bottines. Quelquefois même il en venait à
bout avec de la blague et des mains.

Aujourd'hui, d'effrayantes appréhensions
l'assaillaient. Un individu nouveau s'éveillait
en lui, un Trudon timide, hésitant, bête. Sa
belle assurance tombait. Mme Duhamain était
une femme honnête, et cette idée, sans cesse
présente en son esprit, le ravissait en le
déroutant. Il sentait s'en aller son bagou,
croyait à des difficultés insurmontables, et
rêvant des délicatesses de phrases, cherchant
des mots qui ne l'auraient pas choquée, il
s'ingéniait à des enveloppements d'expres-

sion qui cependant auraient laissé voir sa
pensée tout entière, clairement. Il se répétait :
c'est une femme honnête, et son désir s'en
augmentait, en même temps que le sentiment de son infériorité, la peur de son im-
puissance. Non, ça n'irait pas comme sur
des roulettes. Avec leurs diables d'emballa-
ges ! Les jupons surtout le mettraient hors
de lui. Allez donc vous débattre contre ces
affutiaux-là. C'était ça qui rendait une femme
inexpugnable.

Comment faire ? Il remuait des tournures,
construisait des discours qu'il aurait essayé
de lui répéter, s'empêtrait. Et si la mémoire
venait à lui manquer ? S'il allait rester là
devant elle, *à quia,* comme un niais, le bec
clos ? Et puis, quand il parlerait ! la belle
avance ? Il y a toujours un moment où les
bavardages ne suffisent plus. Alors.... alors
comme alors. Eh tant pis, elle s'effarou-

cherait ou ne s'effaroucherait pas, ça lui était bien égal, il s'en tirerait toujours. Les femmes honnêtes ressemblaient au restant des femmes, le tout consistait à bien choisir le moment. Il n'était pas le premier qui se trouvait dans cette situation. Comment faisaient les autres ? Et il se remémorait tous les amis qui, dans les polissonneries ambiantes et les vaniteuses confidences des déjeuners de garçons, lui avaient raconté leurs bonnes fortunes. Il ne songeait pas que plus d'une fois, soit ivresse, vantardise ou simple besoin de mentir et de l'étonner, ils avaient exagéré, dénaturé les faits et les circonstances, et se demandait : « Voyons, est-ce que je serais plus bête qu'eux ? » Un nom lui vint à l'esprit, plus bête qu'un tel ! Non, cela n'était pas possible. Réconforté par cette idée, il avait brossé son chapeau, passé une fleur dans la boutonnière de sa redingote, et s'était mis en route.

A l'angle du quai et du boulevard de Bercy,
il attendit immobile, mâchonnant un cigare,
pour se donner une contenance. Il faisait
chaud. Le soleil, un entêtant soleil de mars,
dardait à cru, ne mettait pas un pouce
d'ombre le long des murs, et de loin en loin,
dans la profondeur de l'avenue, allumait de
petites flammes aux vitres des réverbères.
Et Trudon restait là, anxieux, le dos tourné
à la Seine, regardant devant lui sans rien
voir autre chose que les wagons remisés, en
face, sur le haut talus du chemin de fer de
Lyon, la masse grossière d'un poste de sergents de ville établi dans les plâtras croulants
d'une ancienne barrière. A sa droite, des magasins s'étendaient, une rangée de masures
basses avec des murs salpêtreux mouillés par
endroits de coulées d'urine. De place en place,
entre des affiches peintes, des portes closes

laissaient passer sous leurs vantaux dis-
joints des ruisseaux rougeâtres qui sta-
gnaient, puaient, enlisaient dans la boue et la
lie des osiers coupés, des bondes et des adresses de marchands de vin. A sa gauche, à
côté d'un marchand de futailles, par-dessus
des meules de foin tassées dans la cour, l'in-
terminable construction du magasin à four-
rages dressait sur le ciel la tige fine de ses
paratonnerres. Devant, de long en large, un
factionnaire se promenait, le fusil sur l'épaule,
continuellement.

Peu de monde. A de longs intervalles,
un garçon boucher qui sifflait, panier au
bras, tablier blanc au ventre, un tonnelier
avec une serpillière de grosse toile noire, le
bras passé dans le trou d'un paquet de cer-
ceaux, apparaissaient. De rares haquets vides
sautaient lourdement, secoués par le trot de
leurs chevaux. Trudon reconnaissait alors

les équipages de la maison Noblaille et Re-
collier, l'entreprise la mieux montée de Bercy, et là-bas, tout au bout, à gauche, où l'on
voyait une voiture arrêtée auprès de l'enseigne bleue d'un entrepôt d'eaux minérales, il
écoutait des ra fla de tambours. Puis les bat-
teries mouraient et s'en allaient peu à peu,
avec la garde descendante qui retournait à
la caserne.

Soudain, un troupeau de bœufs débou-
cha du [quai de Bercy. Un moment, Trudon oublia Mme Duhamain, son rendez-
vous, le pied de grue qu'il faisait. Ils s'intéressa aux aboiements dont les chiens poursuivaient les retardataires, aux morsures qui
saignaient à leurs jarrets lassés. Tout à
coup, saisi de pitié, il s'indigna contre la brutalité du conducteur, un toucheur en cas-
quette de soie et en blouse bleue tombant
jusqu'aux genoux. L'homme ivre, allait,

venait, titubait de l'un à l'autre, frappant de grands coups de bâton les échines qui sonnaient, comme des caisses vides.

Trudon l'interpella :

— Pourquoi maltraitait-il les bêtes ?

Mais l'autre, avec des hoquets, le remit à sa place.

— De quoi, monsieur se mêlait de ses affaires ? Il était peut-être de la police, montre ta carte alors ?

Comme Trudon s'entêtait, il s'approcha, l'invita à fermer « sa boîte » sans quoi il allait le vider, et ce ne serait pas long.

Une rixe menaçait de s'engager. Trudon se résigna à se taire, et furieux d'avoir été maté par un pareil goujat, il suivit du regard les grands bœufs harassés qui, corne basse et sans colère, butaient sur le pavé en mûtant de douleur. Et dans le nuage de

7

poussière soulevé derrière eux, il en voyait se lever et essayer de grimper les uns sur les autres. Puis, brusquement, ils redescendaient au milieu d'une avalanche de jurons et de coups.

L'heure passait, très lente, et sans se rendre compte qu'en arrivant trop tôt, il avait lui-même prolongé son attente, il accusait Mme Duhamain, et avec elle, toutes les femmes en général. C'était réglé comme un papier de musique, jamais elles ne pouvaient être à l'heure ! Mais qui sait? Peut-être ne viendrait-elle pas ? Eh tant mieux, il en prenait son parti. Son inquiétude, sa lassitude étaient telles, que cette pensée le satisfît. Si elle le « laissait en plan », cela trancherait la difficulté, mais la vanité s'en mêlant, il eut honte qu'une mâtine pût se vanter de l'avoir fait poser.

— Une voiture, Monsieur ? cria du haut

de son siège un cocher de fiacre qui passait.

Trudon fit : non, de la tête, avec un mouvement de mauvaise humeur. Il se croyait dupé, sincèrement. Son orgueil blessé souffrait, il s'emportait, murmurait tout bas contre Mme Duhamain, l'appelant « dinde », entre ses dents, quand, soudain, il crut l'apercevoir.

Dans le lointain, une femme marchait très vite, semblait pressée. Il mit son lorgnon : c'était elle.

Elle se détachait en noir sur le fond poussiéreux du boulevard. Un bouquet de roses-thé tremblait sur le feutre brun de son chapeau. Sous une voilette de tulle noir étincelant par endroits d'un semis de pois d'or, son visage apparaissait tout rosé par le grand air, l'effroi heureux de l'aventure qu'elle se risquait à affronter. Une confection en forme de dolman où s'enroulaient et se déroulaient à

l'infini les arabesques d'un soutachement de
soie tombait de ses épaules, s'ouvrait sur la
poitrine, laissant voir entre les brandebourgs
l'or éteint d'un petit médaillon et couvrait
la naissance des poignets où des gants de
Suède, éclatants [et jaunes, montaient. Ses
pieds chaussés d'étroites mules Louis XV passaient l'un devant l'autre, rapidement. A chacune de leur allée, à chacune de leur venue la
boucle d'acier de la barrette entrant dans la
lumière, s'allumait un instant d'un éclair de
soleil, puis disparaissait dans la vague empesée du jupon blanc, dans l'ombre remuante
de la robe : et il semblait à Trudon, qu'à
chacun de ses mouvements toute sa désirée
personne chantait.

Il demeurait dans un éblouissement stupide, accablé de ce bonheur qui lui arrivait.
Ainsi elle venait ! Elle était venue ! Et sous ce
costume de ville élégant et discret il la trou-

vait plus tentante encore que le jour où il
l'avait vue dans le déshabillé de son peignoir
du matin, portant encore plus à la peau,
que le soir de ce bal où avait frotté son habit
noir contre les nudités de sa chair entrevue
sous la dentelle.

Du reste elle ne marchait pas les pieds en
équerre, une allure de canard que Trudon
ne pouvait souffrir même chez les plus jolies,
et, cousue au faux-ourlet de sa robe, la ba-
layeuse, avec la ligne tourmentée de son
plissé blanc, donnait une irritante sensation
de jupe retroussée qui avivait encore les
concupiscences.

Alors s'efforçant de maîtriser les batte-
ments désordonnés de son cœur, il jeta
son cigare avec un geste arrondi, et s'avan-
çant vers Mme Duhamain, il l'aborda, har-
diment.

— Bonjour.

7.

Elle rougit. Un instant les petites perles de ses boucles d'oreilles furent noyées dans le flot de sang qui lui monta à la tête.

Trudon souriait, lui tenait doucement la main. Il la complimentait sur sa ponctualité. Non, jamais il n'aurait osé croire à tant d'exactitude. Puis, il lui offrit son bras. Mais elle refusait, donnait des raisons. Ce n'était pas bien ce qu'elle faisait là. Et son mari qui avait confiance en elle : imaginait-il combien ce serait indigne de le tromper? Il ne se doutait de rien. Le matin il était parti surveiller des travaux qu'il avait, à la campagne. On ne peut pas faire autrement quand on tient à ne pas être volé par les entrepreneurs. Et longuement, comme pour s'étourdir, elle tenait à Trudon des discours interminables, délayait des riens, le mettait au courant de sa famille, de son ménage : il sut ce qu'elle avait mangé la veille, et qu'ils avaient pas mal d'argent de placé.

Trudon, paisiblement, écoutait. Mme Duhamain ne disait rien qu'il n'eût entendu
dire cent fois par toutes les pudeurs sur la
défensive, et dans ces sottises communes,
dans ces ordinaires banalités, son aplomb se
retrempait, devenait plus fort. Il se retrouvait, commençait à se convaincre qu'il « serait à la hauteur ». La tête un peu penchée
vers elle, la joue frôlée par le nœud chatouil-
lant des brides de son chapeau, qui formaient
chou derrière l'oreille, il la laissait parler. Il
avait l'habitude des femmes, connaissait les
hésitations de leurs audaces, les tergiversa-
tions de leurs caprices, les préliminaires de
scrupules qu'elles mettent à leur abandon,
comme ces plaisantins, dont les cadeaux s'en-
veloppent d'une multitude de ficelles serrées
et de papiers superposés, qu'il faut avoir la
patience de défaire, nœud par nœud, feuille

par feuille, et d'un air de pitié résignée, il attendait qu'elle eût « dévidé son chapelet ». Lui-même, évitant de rien brusquer, répondait au hasard un oui, un non, risquait une phrase indifférente.

Comme Mme Duhamain répétait que pourtant, sans être gênés, ils n'étaient pas riches, riches.

— Possible, mais vous avez la santé.

— Oh pour ça, oui, nous ne nous sommes jamais connus malades, ni mon mari, ni moi.

Trudon affirma qu'il valait mieux « payer le boulanger que le médecin », et s'intéressant tout à coup à M. Duhamain, il demanda s'il était parti pour un long voyage, s'informa du chemin de fer, de la station. Fallait-il prendre une correspondance ?

— Non, il est à Juvisy.

Elle y était allée, récemment, un jour de

semaine, son mari ayant consenti à l'emme-
ner.

Alors, pour lui faire plaisir, Trudon vanta la
situation, le pont des Belles-Fontaines, le vieux
cimetière où les tombes croulaient mangées
par la mousse, poussées par l'effort continu
de la végetation, l'église en contre-bas de la
route, et dans laquelle on entrait comme dans
une cave après une longue descente de marches, la rivière d'Orge et sa limpidité; les
grottes de rocailles du château, le tout comme
cela lui venait à l'esprit, confusément.

Elle écoutait, émerveillée. Elle, n'avait rien
vu qu'une auberge assez malpropre où elle
était restée toute la journée, désespérée de ne
pouvoir sortir, tant la pluie tombait fort. Sur
les murs, une demi-douzaine de tableaux,
représentaient, lithographiés, les exploits d'un
hussard du premier empire, et près d'elle,
des gens qui jouaient à l'écarté s'étaient

pris de querelle, au moment de payer la consommation, avaient failli en venir aux ~~aux~~ mains. Dieu de Dieu, oui, qu'elle s'était ennuyée ! Une robe et un chapeau abîmés, une gare froide et noyée d'eau, un rhume attrapé dans le pataugement des flaques de boue, elle n'avait pas d'autres souvenirs.

— On ne vous a pas montré la maison du maître de poste, la salle où Napoléon Ier, en 1814, apprit la capitulation de Paris?

Elle ignorait même, qu'à Juvisy, il se fût « passé des faits historiques ».

Soudainement, l'image de M. Duhamain apparut à Trudon. Il se figura le voir, là-bas, dans la maison en construction, montant aux échelles, donnant des ordres, dépliant son mètre pour prendre des mesures. L'architecte semblait emplir Juvisy. Partout, il le trouvait, barrant le passage, mettant devant les curiosités la silhouette de son chapeau bos-

sué, cogné aux planches des échafaudages :
il rencontrait partout sa redingote noire que
des taches de plâtre blanchissaient, par endroits. Et comme se parlant à lui-même :

— C'est dommage, dit-il, on aurait pu se
payer ça.

— Oh ! mais non, Mme Duhamain ne voulait pas, elle préférait s'en retourner.

— Si vite ?

— Oui, oui, « ça n'allait pas peser deux
onces », et avant de remonter chez elle, elle
prendrait quelque chose chez le charcutier.
Quand on est seule, on n'a pas le cœur à faire
la cuisine.

— Vraiment vous me quittez, tout de
suite ?

— Assurément, n'était-ce pas le meilleur ?
à quoi bon mener plus loin cette folie, cet
enfantillage ?

Trudon sourit, et baissant la voix, doucement, dans l'oreille, il lui murmura : Méchante, avec un son filé.

Il avait remarqué qu'elle ne portait pas sa robe de tous les jours, qu'elle était coiffée d'un chapeau aux rubans frais, le chapeau de grands « tra la la, » des sorties élégantes, et intimement, il se disait : « Ma fille, tu ne viens pas de la messe car tu ne tiens pas de livre : ton paroissien n'est pas non plus dans ta poche, car ta poche ne gonfle pas, ne tire sur la ceinture de ta jupe, et tu ne me feras jamais croire que tu t'es bichonnée de la sorte pour rentrer chez toi et mettre des pieds de cochon sur le gril. »

Néanmoins il affecta de trouver l'idée de départ tout à fait naturelle, offrit « de faire un bout de conduite. »

— Mais si on nous rencontrait des fois.

Il éclata de rire. Mais qui donc ! Il avait là-dessus des théories qu'il lui expliquait, pour la rassurer. D'après lui, dans le quartier qu'on habitait, on courait moins de risques d'être surpris que partout ailleurs. Les gens sortent de chez eux, ont des affaires qui les emmènent et les empêchent de rester là, sur leur balcon, à vous espionner. Tandis que, à Paris, au coin d'une rue, ils vous tombent dessus, à l'improviste. Va te faire fiche, pas moyen de les éviter, Et puis, à Bercy, personne ne la connaissait : ainsi, elle n'avait pas besoin de se « mettre martel en tête ».

Elle lui avait abandonné son bras, et tous deux marchaient, pas à pas, avec une lenteur calculée, Trudon sentait que Mᵐᵉ Duhamain était faible, indécise, et cependant il n'osait rien dire, avait peur de commettre une maladresse, tremblait de la laisser, échapper. Néanmoins au moment où ils dépassaient le poste des sergents de ville, au coin de la justice de paix, il « joua son va-tout », et se penchant vers Mme Duhamain :

— Ainsi, vous vous en allez, bien sûr ?

— Il le faut bien.

— Alors pourquoi êtes-vous venue ?

Elle répondit :

— Je n'aurais pas voulu vous faire attendre pour rien, et puis, je tenais à vous
dire de ne plus penser à moi.

Trudon lui serra le bras fortement.

— Elle savait bien qu'on ne pouvait pas
l'oublier, et, n'ayant trouvé que cette idée,
il la resassait, l'exprimait de diverses façons en des phrases pleines de termes sonores, de lourdes tendresses, et toutes arrivaient à cette conclusion invariable qu'il
l'aimait, qu'elle devait bien s'en être aperçue
depuis longtemps, et qu'il était impossible
qu'elle ne fût pas bonne, étant si belle.

Mme Duhamain ne ripostait pas. Elle se
laissait ballotter par ce flux incessant de pa-

roles. Comme une femme tombée à l'eau dont les jupes s'alourdissent et les forces s'épuisent, elle n'essayait pas de lutter, se laissait noyer par ce courant de douceurs.

Alors, retournant sur leurs pas, ils virent devant eux la montée du pont, les fiacres alignés, le long du trottoir, derrière la baraque du contrôleur. De temps en temps une corne sonnait, et, dans le pli du quai, une fumée blanche, la fumée d'un bateau-mouche, flottait, avec des balancements de panache.

Auprès de Trudon, Mme Duhamain marchait, machinalement, comme dans un rêve.

— Une belle journée, n'est-ce pas?

Elle leva les yeux. De tous côtés, sur leurs têtes, le ciel se déployait, bleu indéfiniment. Seuls, au dessus des toitures de la gare d'Orléans, dont les vitres criblées de soleil étincelaient en l'air comme les flots d'argent d'un fleuve féerique, de légers nuages, un peu jaunâtres sur les bords, voltigeaient, pareils à des flocons de laine sale.

Mais elle ne s'en inquiéta pas, et les brides de son chapeau claquant sous un vent tiède, elle répéta :

— Une belle journée !

— Comme il ferait bon se promener !

Et tous les deux étaient d'accord sur le charme qu'il y aurait à errer dans les bois où la verdure naissante se trouerait çà et là d'étoiles de soleil. Ils s'exaltaient à l'idée d'entendre sous leurs pas craquer les feuilles sèches, se promettaient de chercher des violettes, d'en rapporter un gros bouquet. Bras dessus, bras dessous, au hasard, jusqu'au soir, à l'heure du dernier train, ils courraient dans les chemins perdus, sentant à travers leurs chaussures la fraîcheur molle de l'herbe, tandis que, autour d'eux, dans les taillis remués des chevreuils bondiraient, et

que, mêlé aux cloches des lointains angélus,
le son du cor retentirait, mélancolique.

Ou bien encore, en bateau, ils descen-
draient doucement une petite rivière pleine
au fond d'un fouillis remuant de grandes
herbes noyées, couverte à la surface, d'une
floraison de nénuphars blancs et jaunes.
Il se rêvait à l'avant, les rames aux mains,
tournant de temps en temps la tête pour voir
les obstacles et les éviter. Elle, sous son om-
brelle, assise en face de lui, à l'arrière, trem-
pait sa main dans les rides fuyantes de l'eau,
mouillait la dentelle de ses manches en essayant d'attraper une ablette au passage.
Et longtemps, longtemps, usant avec délices
les heures de la tiède journée, ils allaient
ainsi, au fil du courant, le visage fouetté
par l'aile de tulle bleu d'une demoiselle,
écoutant sans rien dire le bruit d'un rat brusquement refourré dans son trou, le plon-

geon épeuré d'une grenouille, le frisselis continu du vent dans les hauts peupliers debout,
côte à côte, sur le rivage. Et, à chaque coude
de la rivière, entre chaque échappée de bran-
ches, ils avaient la surprise d'une nouvelle
perspective, l'enchantement d'un nouvel horizon.

— Comme se serait gentil !

Et ils se répétaient :

— Quelle belle journée ! pensant moins à
la journée présente, qu'à celle-là, moins précise, qu'ils rêvaient.

Alors Trudon :

— C'est entendu, n'est-ce pas ?

Mais elle résistait encore, ne pouvait se
décider :

— Non, pas aujourd'hui.

— Pourquoi remettre ? Un autre jour, est-
ce qu'on savait ? Peut-être ne pourraient-ils
plus jamais se rencontrer, et il jugea à pro-

pos de placer quelques mots émus sur la
brièveté de l'existence, les continuelles vicis-
situdes de la vie. Autant profiter puisqu'on
y était.

Il ajouta :

— Puisque vous êtes libre, trouvant l'ar-
gument décisif, irréfutable.

Ses mélancolies gagnaient Mme Duhamain.
Un moment, elle aussi, eut peur que l'occasion lui échappât. Pourtant, une crainte plus
forte la retint, elle répondit :

— Et mon mari ?

— Son mari ! ah ça, elle avait donc la bonté
de croire qu'il était aller surveiller des travaux ? un dimanche ! Pas de ça, Lisette. Ce
n'était pas à lui, Trudon, qu'on racontait des
histoires de cette espèce. Ah ! bien ! il devait
en faire de belles, à l'heure qu'il était ! Les
maris ! on les connaissait avec tous leurs sys-
tèmes, leurs malices cousues de fil blanc. Ils

trouvaient toujours des prétextes pour laisser leurs femmes en plan et nocer avec des.... Le mot « pouffiasses » lui vint aux lèvres, mais il ne le prononça pas, par convenance, et dit simplement « des vilaines filles ». Ils ne se gênaient guère pour donner des coups de canif dans le contrat, et quand les femmes faisaient de même, est-ce qu'elles n'avaient pas cent fois raison ? C'était un « prêté pour un rendu ».

Il s'animait, parlait avec entrain, entassait les raisonnements, citait des noms, des exemples. Parbleu, il n'était pas plus rigoriste qu'un autre, il admettait bien les escapades, par hasard, une fois en passant, mais il y avait tout de même des gens joliment malpropres. Quand on pense.... Et il raconta une histoire dont tous les journaux s'étaient occupés quelques semaines auparavant, l'aventure d'un monsieur respectable, un notaire de province, lequel avait été brûlé dans une maison publique du quartier de la Bourse. Voilà qui était bien fait, par exemple, ça lui était retombé sur le nez.

— Et la femme? demanda Mme Duhamain.

Affolée par l'incendie, elle avait sauté par la fenêtre, et, en bas, sur le pavé, on l'avait relevée, agonisante, le crâne fracturé.

Assurément cette fille exerçait une profession dégoûtante, mais mourir de la sorte, c'était vraiment effroyable. Un moment, Mme Duhamain eut pitié d'elle. Elle la plaignit, l'appela « cette malheureuse », pour parler sans doute, échapper à elle-même, ne plus entendre Trudon qui l'énervait avec ses attaques contre les maris, car malgré elle, tout ce qu'il disait, en général, invinciblement, elle le rapportait à M. Duhamain.

Sans tenir compte de son attendrissement, Trudon continuait :

— Tenez, voulez-vous parier que nous allons à Juvisy sans *le* rencontrer ?

Il prit son silence pour un acquiescement et faisant un « ah » de satisfaction, il médit des architectes. D'après lui, à l'École des Beaux-Arts ils fréquentaient de mauvaises sociétés, entrenaient des relations honteuses, menaient des vies de polichinelles. Ils avaient beau se marier et affecter des airs « rangés des voitures », de temps en temps une petite envie de « revenez-y » les prenaient et ils retournaient « toujours à leurs anciennes amours ». Il fredonna la citation, doucement, du bout des lèvres.

Et Mme Duhamain, navrée, se souvenait des rentrées tardives de son mari, les soirs où il prétendait aller au « dîner du patron ». Maintenant, elle n'avait pas un doute, évidemment il la trompait. Il ne devait pas exister, ce repas où soi-disant les anciens

élèves du même professeur, les copains des
mêmes « charrettes », se réunissaient, le
13 de chaque mois, pour braver le préjugé.
C'était une frime, un prétexte inventé par
M. Duhamain afin d'être libre et de faire des
parties fines. Non, bien sûr, jamais il n'a-
vait été secrétaire-trésorier d'aucune association, et c'était par hypocrisie, qu'aux heures des aveux, dans l'intimité, il se plaignait
de ne pouvoir écrire ses rapports en vers,
comme Mestandy, un collègue de l'atelier
Lejeune, qui l'humiliait en lui envoyant les
siens, autographiés, avec une dédicace, régulièrement. Et elle aurait la sottise de ne pas
en user à son aise avec un monsieur qui ne
se gênait pas pour la laisser toute seule à la
maison comme un pauvre chien, pendant que
lui courait on ne savait quelles prétentaines.
Il y avait beau jour qu'elle aurait dû prendre
ce parti-là.

Pourtant, le respect humain, l'appréhension d'être vue, l'effroi des cancans, la peur
d'entendre dire derrière elle, au marché,
chez les fournisseurs : « Vous savez, c'est
la petite dame qui s'est compromise, » tout
cela arrêtait ses rancunes, faisait hésiter sa
vengeance. Encore une fois elle essaya de résister aux instances de Trudon, et ne découvrant pas d'arguments qu'elle jugeât assez
forts, elle se regarda des pieds à la tête, d'un
air ennuyé, inspecta sa toilette, et, à tout
hasard, mentit.

— Non, elle ne se trouvait pas assez
bien mise. Elle était venue avec ce qu'elle
avait sur le dos, mais réellement, elle ne
pouvait pas aller se promener faite comme
ça.

Trudon sourit de son air faussement dédaigneux, et s'exclamant :

— Mais justement, c'était tout ce qu'il fallait. La rosée gâtait les robes, les fils de fer des palissades accrochaient souvent les habits et les déchiraient, les jupons revenaient tout sales d'avoir traîné dans l'herbe. Au contraire son idée était fameuse ! Quelle nécessité, aussi, de se mettre sur son trente et un pour courir la campagne ? Et longtemps, il répéta ce mot : campagne, devinant vaguement que Mme Duhamain était sur le point de lui échapper, et que seule, la promesse d'une équipée champêtre triompherait de ses incertitudes. Elle n'avait qu'à choisir ils iraient où elle voudrait. Quelles étaient ses préférences ? Robinson? Montmorency? La ligne de l'Ouest ou le chemin de fer de Vincennes ? Au fond, lui, se souciait aussi peu d'un endroit que d'un autre. Il aimait mieux les cabinets particuliers parce qu'il les jugeait plus commodes, plus tranquilles que les bois publics des environs de Paris, où l'on risque toujours d'être dérangé au bon moment. Et puis, il trouvait qu'il n'était plus d'un âge à pouvoir, sans ridicule, aller regarder la feuille à l'envers.

— Eh bien ? Villeneuve-Saint-Georges, voulez-vous ?

Sans doute, ce pays elle le connaissait jusque dans les recoins. Elle avait mangé dans tous les restaurants, monté souvent l'escarpement moussu des marches de l'église ; c'était là qu'aboutissaient toujours ses promenades conjugales, et c'était là, seulement, qu'elle désirait aller. Par une sorte de résistance tacite et de restriction intérieure, elle s'imaginait ainsi ne pas trop céder à Trudon : elle se figurait qu'elle aurait moins à craindre dans ce village où elle se sentirait chez elle. Il lui semblait que ces rues cent fois parcourues, ce paysage familier, la protégeraient, qu'un secours lui viendrait de

tout ce qu'elle y avait vu, touché, pensé, et
que, de derrière les murs, les bornes et les
arbres, son ancienne honnêteté de femme
mariée se lèverait pour la défendre.

Elle s'inventait des sécurités, croyait qu'elle
n'aurait plus rien à redouter d'un danger
auquel elle irait, d'elle-même, librement.
Maintenant, elle s'impatientait un peu. Elle
souhaitait d'être en wagon, de sentir son
billet passé entre la paume de sa main et la
peau de son gant, questionnait Trudon, demandait l'heure des trains, proposait de pres-
ser le pas pour ne point arriver en retard,
lui assurait « qu'elle n'était déjà pas si mauvaise marcheuse ».

— N'est-ce pas, hein ? nous allons bien
nous dépêcher. Ce n'est pas laid par là, vous
verrez. Il y a un beau coup d'œil, une ma-
gnifique perspective.

C'était une expression favorite de M. Du-

hamain, sa formule d'admiration devant la
nature. L'architecte donnait à ses enthousias-
mes quelque chose de géométrique. Il grim-
pait volontiers sur les collines, cherchait les
horizons reculés, parce que, dans l'éloigne-
ment, avec leurs bariolages de couleurs tendres, la petitesse des maisons et des arbres,
les paysages ressemblaient assez bien aux
interminables plans dont l'exécution le tenait
des journées entières, le corps penché, sur
une table, devant des godets. Sans s'en apercevoir, Mme Duhamain répétait ses phrases,
ses intonations. Elle avait pris un peu de ses
manières de voir, un peu de ses façons de
parler, et elle sentait son mari, à peu près
comme certains vins sentent le bouchon.

— Ça vous ennuie, dites? Vous préfériez
peut-être un autre endroit. Mais, au moins
Villeneuve-Saint-Georges, c'est à deux pas,
car, vous savez, il faut que je sois de retour

ce soir, avant dix heures. J'ai dit à M. Duhamain que j'irais voir une de mes amies, et
que je dînerais chez elle, probablement. Elle
ajouta quelques détails, la représenta comme
une petite femme bien à plaindre. Elle se
nommait Caroline Lamblin, avait été sa camarade de première communion, puis sa demoiselle d'honneur. A son tour elle s'était
mariée, malgré sa famille, par un coup de
tête, et l'homme qu'elle avait épousé l'avait
quittée après trois mois de ménage, brusquement, sans qu'on ait jamais su pourquoi.

— Quelque Lovelace, dit Trudon, essayant
d'insinuer par ce blâme hypocrite qu'il était
un cœur d'or, incapable d'une mauvaise action.

— Oui ! et maintenant la pauvre Caroline
en était réduite à tenir un externat de demoiselles, près des fortifications, aux Batignolles,

9.

se mangeait les sangs, « vivait de priva-
tions ».

Trudon exprimait des compassions, par
contenance.

— N'est-ce pas, c'est entendu, vous me
promettez que je serai rentrée à neuf heures ? Allons, venez-vous ? et elle le tirait par
le bras, avec insistance.

Il dut se défendre. A son avis il était tard,
et il ne souffrirait pas qu'elle partît sans manger. Elle n'était donc pas comme lui ? Il avait
l'estomac dans le dos, se plaignait d'une
« faim bleue ». Et, tirant sa montre de son
gousset :

— Je crois bien, il est midi.

De l'autre côté de la Seine, dans les vapeurs blanches du chemin de fer d'Orléans
passant invisible derrière les maisons, dans
les fumées noires que les tuyaux d'usine debout de place en place poussaient sans relâ-

che sur le bleu lumineux du ciel, le clocher de l'église des Deux-Moulins, vaguement aperçu, sonna l'angélus, à volées lentes.

Trudon ajouta :

— Vous voyez, je règle le soleil.

Mme Duhamain ne disait pas le contraire. Mais, pour le moment, elle n'avait besoin de rien. Souvent quand son mari était en courses, elle l'attendait, ne déjeunait pas avant une heure et demie, deux heures de l'après-midi. Du reste son chocolat n'était pas encore descendu, ainsi, « elle avait de la marge ».

Alors Trudon eut recours à l'ironie. Parfaitement, ce serait très agréable de faire un repas champêtre à l'ombre d'un bosquet. Mais la végétation n'était pas encore très avancée, et la campagne retardant toujours sur la ville, il lui affirma que, hors Paris, les arbres n'avaient pas encore de feuilles. C'était bon dans les squares, où les maisons les abritaient des

intempéries. Pour eux, ils attraperaient un
coup de soleil, voilà qui leur ferait une belle
jambe ! Tout le monde savait que le soleil de
mars était très dangereux. Peut-être en seraient-ils quittes pour un coryza, et Trudon
ayant trouvé spirituel d'imiter les grimaces de
de l'individu enchifrené qui veut éternuer,
s'efforce, et ne peut pas, Mme Duhamain rit
longuement, à deux reprises.

Et puis, il ne fallait pas badiner avec les
rhumes de cerveau : Trudon connaissait des
gens qui en étaient morts, rien que ça. A
d'autres, ça leur était tombé sur la poitrine,
et ils en demeuraient mal en point, toussant
le reste de leur vie, ah mais !... Ensuite, il
déblatéra contre les guinguettes, assurant
que c'étaient les restaurants du « tout y faut ».
Et il énuméra les lenteurs des garçons, les
attentes entre les plats, l'ennui de manger
son pain pour tromper le désœuvrement des

mâchoires. En outre, l'agrément était mince, quand les chèvrefeuilles laissaient tomber des bêtes dans les assiettes, et qu'on trouvait des araignées demi noyées, se débattant dans le beurre des sauces. Et pour plus de drôlerie et d'éloquence, avec les doigts, il singeait les mouvements de la bestiole fouettant le liquide de ses longues pattes, luttant avec désespoir contre l'englûment et contre l'agonie.

— Oh ! le sale, fit Mme Duhamain, et pour le forcer à se taire, elle lui donnait de petites tapes, sur les mains, amicalement.

Trudon ne ripostait pas. Il était content de son effet, souriait, et continuaut la plaisanterie, il s'emporta contre les bancs de bois, les déclara de très mauvais sièges, s'écria qu'ils étaient « rembourrés avec des noyaux de pêche ».

— Quand vous direz, c'est plus rustique.

Il éclata.

— Et les fourmis qui vous montent très
bien dans les jambes, était-ce plus rustique
aussi ? D'ailleurs, rustique tant qu'on voudra, la campagne ne devait pas l'empêcher de manger à ses heures. Des procédés
pareils abîmaient toujours l'estomac. Il la
menaça d'une éternité de mauvaises diges-
tions, se donna en exemple. A la suite d'im-
prudences comme celle qu'elle prétendait
faire, il avait dû suivre un régime, boire de
l'eau de Vichy pendant deux ans, une vi-
laine drogue qui troublait le vin et lui donnait une couleur violâtre d'un aspect désagréable. Il concluait qu'il fallait se montrer
sérieux, et, au lieu de bêtifier, aller se
« mettre quelque chose sous la moustache ».

— Voyons, puisque vous y tenez.

Brusquement, Mme Duhamain venait de
penser aux ennuis qu'elle aurait, si elle ren-

trait chez elle, pour déjeûner. Rien n'était
prêt. Elle serait obligée d'allumer un four-
neau, de dresser son couvert, de se déshabil-
ler, car elle n'était pas dans un costume à faire
la cuisine. Et le tablier qu'elle mettait d'ordinaire par-dessus sa jupe retroussée, le tablier dont elle s'entourait des hanches aux
pieds pour préserver des taches sa robe des
dimanches, le grand tablier de cotonnade,
était au raccommodage. Un charbon ardent,
tombant dessus, l'avait brûlé sur une lar-
geur de plusieurs centimètres, au beau milieu. Depuis trois jours elle peinait à le rafis-
toler. Son ambition étant de n'y pas coudre
de pièce, elle appliquait tout son génie de mé-
nagère à refaire la trame point par point, fil
par fil, s'absorbait dans cette reprise héroïque
qui lui fatiguait les yeux, exigeait toute son
attention, des cotons de différentes couleurs, et l'emploi alternatif de trois aiguilles.

Elle cédait. Alors, tournant à gauche, ils se trouvèrent sur le quai de Bercy.

Au bas de la rampe en pente douce que bordaient des garde-fous de charpente, le restaurant des *Marronniers* alignait les grosses lettres d'or fané de son enseigne, étalait la banale mélancolie de sa façade, car c'est le propre du plaisir d'attrister les lieux où on le prend, les gens qui le procurent et les endroits où l'on s'amuse gardent, des gaîtés qu'ils subissent, quelque chose de cet air de maussaderie et d'ennui que la continuité du rire donne aux visages des vieux comiques. Au-dessus de la porte, un tableau s'encastrait dans la muraille, et les marronniers qu'il représentait, jadis, disparaissaient, rongés par des années de soleil et de pluie.

Ce restaurant était renommé dans le quartier. Le haut commerce le fréquentait. Là,

toute la semaine, les négociants du quai,
entrepositaires d'eaux-de-vie, courtiers en
vins, maîtres-charretiers, fournisseurs de
bâches, et Trudon en était, venaient déjeuner, faire leurs affaires, prendre leur café,
jouer au billard. Ils y trouvaient leurs pipes,
des attentions et des confrères. Ils échangeaient leurs vues sur la politique, et tout en
riant de leurs calembourgs, se renseignaient
sur le cours des marchandises. Des rendez-
vous s'y donnaient, on y concluait des mar-
chés.

C'était là, qu'aux jours d'échéance les
débiteurs en retard étaient sûrs de rencontrer
le garçon de la banque, à heure fixe. Il recevait leur argent, tout en mangeant, comptait
les rouleaux à côté de son assiette, acceptait
un pourboire de cinq francs par mille qui
remerciait sa complaisance et encourageait
sa longanimité. Des clients grisés par la va-

riété des échantillons goûtés en sortaient ti-
tubants, l'œil allumé, l'estomac alourdi par
les crûs capiteux d'un déjeuner fin. Des rou-
lements continuels de voitures faisaient trembler les vitrages, les portes battaient dans
le va et vient incessant des entrées et des
sorties. Les conservateurs y tenaient des
réunions électorales, des noces élégantes et
discrètes y dansaient au piano, le soir, après
dîner. Et du lundi au samedi, c'était un
grand tapage de bouteilles vidées, d'opinions
heurtées, de garçons appelés, de commandes
débattues. Le lendemain, la maison tout
entière tombait à un grand silence. Les
pianos se taisaient avec les conversations.
Au-dessus des numéros des cabinets particuliers, les sonnettes, au bout de leur fil d'ar-
chal, restaient immobiles ; les journaux sans
lecteurs s'entassaient sur une table, la plume
aux additions séchait à côté de l'encrier.

Personne ne venait de la clientèle quoti-
dienne occupée ailleurs à ses plaisirs, ses
maîtresses ou ses femmes, et c'est à peine
si, de temps en temps, un fiacre arrêté dé-
chargeait sur les écailles d'huître du trottoir
quelque adultère tremblant qui cherchait,
loin de Paris, des biftecks pour sa faim, avec
un canapé pour ses effusions.

L'établissement vidé par le dimanche se
reposait, prenait du bon temps. Le chef en
casaque blanche, désertant ses fourneaux,
caressait à rebousse-poil un chat noir qui
guettait deux perdrix rouges prisonnières,
dans la devanture, auprès d'un dictionnaire
Bottin. La caissière ne souriait plus sur la
banquette de son comptoir, entre les carafons,
les bols à punch, les divers ustensiles de
ruoltz désargenté. Elle s'était assise au milieu de la boutique, brodait, avait l'air de
faire salon, comme une dame. Non loin d'elle,

un garçon désœuvré bâillait sur un divan.
Et le parquet soigneusement sablé, sans crachats, ni débris d'allumettes, autour d'eux
s'étendait jaune, uniformément.

— Voyez-vous, dit Trudon, ils nous atten-
dent.

Mme Duhamain eut un mouvement d'effroi,
balbutia un refus, encore.

— Non pas là.

— Pourquoi? Il n'y a personne.

En effet, ni chapeaux aux patères, ni bruit
de carambolages dans les profondeurs. Au
premier étage, les fenêtres, à deux battants,
laissaient évaporer l'odeur des tabagies, les
miasmes accumulés dans les salons par les
amours et les noces de la semaine. Des cou-
verts étaient mis sur les tables. Des nappes
tombaient raidies par un repassage à la
gomme. De loin en loin, des verres retournés
brillaient avec une étoile dans le disque de

leur pied, tandis que des serviettes dressées mettaient sur les assiettes des silhouettes blanches, lancéolées, pareilles à des mitres. En bas, à mi-hauteur des vitres de la devanture, des rideaux salis par les fumées et les buées de chaque jour, frissonnaient sur leurs tringles. Une affiche de l'*Odéon* annonçant un grand succès d'il y avait trois mois, mal attachée avec des épingles, pendait de travers. Mme Duhamain s'arrêta pour la lire.

— Est-ce que c'était une belle pièce?

Trudon n'en savait rien, ne l'avait pas vue.

Du reste, c'était un drame : il détestait ce genre. D'une complexion littéraire spéciale, il préférait les vaudevilles grivois ou les comédies sentimentales, à peu près comme ces gens à mauvais estomac qui, mangeant sans goût, ne peuvent supporter que des pâtisseries ou des épices.

Tout en expliquant ses antipathies, Trudon avait tourné le bec de canne de la porte, et, traînant Mme Duhamain à sa suite, était entré.

Au tintement prolongé de la sonnette, le garçon somnolent se leva, la dame de comptoir laissant tomber son ouvrage, salua d'un grand signe de tête, et soudainement le patron, une serviette au bras, l'air gracieux, apparut. Et, tandis que Mme Duhamain rougissait devant ces regards qui se fixaient sur elle, tremblait dans ses bas devant ces curiosités qui la dévisageaient, sur un familier coup d'œil de Trudon, M. Chamblé, propriétaire du restaurant des *Marronniers,* priant madame et monsieur de vouloir bien prendre la peine de monter derrière lui, en haut d'un escalier en colimaçon, au premier étage, ouvrit devant eux la porte numérotée d'un cabinet particulier.

TROISIÈME PARTIE

— Une belle journée, hein, patron? fit
Trudon avec l'accent d'un habitué recevant
au jour de l'an une pipe avec son nom fes-
tonnant en lettres d'émail autour du tuyau,
et possédant une queue particulière, au rate-
lier de la salle de billard.

Mais le père Chamblé ne partageait pas le
lyrisme de son client. A son avis, le temps
pourrait bien se gâter : le baromètre avait
diablement baissé. Du reste, les giboulées
étaient de la saison. Et debout, près de la fenêtre, il interrogeait le ciel, hochant la tête
d'un air de mauvais augure.

Les nuages épars tout à l'heure au-dessus
de la gare du chemin de fer d'Orléans, s'é-
taient réunis, grossissant à mesure. Maintenant, ils formaient une masse molle et
remuante qui roulait au-dessus de la Seine
l'éboulement colossal d'une Babel aérienne,
quelque chose d'une ruine qui planerait.

Du pont de Bercy aux tours de Notre-
Dame, vaguement entrevues, là-bas, au bout
de la ligne grise des quais, dans l'humide crépuscule d'un jour de cave, des blocs énormes
se traînaient. Des créations bizarres, des édi-
fices fantastiques s'ébauchaient sous la continuelle poussée du vent d'ouest. Des villes
entières flambaient dans le soleil, et, soudainement effondrées, faisaient place à des
faunes étranges, à de monstrueux animaux
promenant avec une lenteur incessante
l'épouvantable vision d'un monde de torpeur.

Tout à coup dans l'ouverture démesurée

d'une gueule, dans la crevasse sans fin d'une muraille écroulée, un morceau de ciel apparaissait, large comme une mer et bleu comme un saphir. Des îles d'or flottant se heurtaient à des promontoires d'ombres avec des déchirures de lumière. Elles marchaient, puis, au moment d'atteindre la lueur d'émeraude de l'horizon, un monstre survenait qui, d'un coup de sa gorge formidable, buvait le saphir, et la seule avancée de son énorme patte, comblait la mer. Le ciel soudainement redevenu noir s'emplissait de menaces d'ouragan.

Aidée par Trudon, Mme Duhamain s'était débarrassée de son pardessus, et, tout en défaisant le nœud de son chapeau, elle s'approcha de la fenêtre.

D'abord, elle s'étonna beaucoup de la drôle de tournure que les deux dômes de la Salpêtrière et du Panthéon prenaient au milieu

de l'amoncellement tumultueux des nuages.
Avec le soleil qui frappait dessus, elle trouva
qu'ils ressemblaient à deux énormes mar-
mites, puis, elle se récria contre l'opinion
du père Chamblé :

— Non, il avait beau dire, ce n'était pas
un bouillon qui chauffait là-haut. Quel pro-
phète de malheur il faisait ! Allons donc, il
n'avait qu'à regarder de l'autre côté, le ciel
était beau, et, d'un geste d'impatience coquette, elle lui montrait, en face, le quai de
la Gare chauffé à blanc par une averse
de rayons.

Les maisons s'alignaient, inégales, et leurs
toitures d'ardoises luisaient sourdement sous
la vaste clarté qui tombait. Des fenêtres ou-
vertes semblaient boire le beau temps, et des
gens en manches de chemise apparaissaient
de place en place sur les barres d'appui des
croisées, à côté d'édredons rouges, qui

prenaient l'air. Des draps pendus, en train
de sécher, plaquaient de remuantes taches
blanches sur le plâtre lépreux des façades,
de grandes enseignes allongeaient leurs lettres au-dessous des magasins aux volets
fermés.

De l'autre côté de l'eau, juste vis-à-vis les
Marronniers, la devanture d'un marchand de
couleurs mettait le bariolage criard d'un
prisme détraqué ; à gauche, la lanterne rouge
d'un commissariat de police, étincelait comme
un rubis. Et des grilles laissaient voir de
grandes cours pleines de charrettes dételées,
des tombereaux à cul, des camions, les bran-
cards en l'air, comme des mâts. Puis, après
une longue bâtisse qui jetait sur le sol l'ombre de neuf pignons triangulaires, des maisons s'élevaient, très rares, après des enfila-
des de murs, au milieu d'un désert de jar-
dins et de chantiers de bois. Plus loin, des

toitures basses s'étageaient, tandis que, à
travers la haute carcasse à jour d'un hangar
en construction, des arbres poussaient dans
le ciel l'ébouriffement d'un gros bouquet de
verdure. Une brume de mousseline molle
enveloppait les lointains, et le Pont National,
à demi disparu sous la buée montant de l'eau,
sous l'incessante fumée des industries d'Ivry,
coupait d'une arête indécise, l'horizon bai-
gné de vapeurs grises.

En bas, sur la Seine, des bateaux-mou-
ches passaient tout pavoisés d'ombrelles, des
équipes de canotiers ramaient de toute la
force de leurs bras nus, et la yole, filant vite
avec un éclair dans la palette des avirons,
semblait une grosse araignée aux délicates
pattes d'argent. Sur le port, des familles en-
dimanchées, s'empressaient, guettaient le
passage des omnibus, et à droite et à gauche,
sur les deux rives, parmi les taches d'herbe

bilieuse, les piles de bois et de tonneaux, des chapeaux de paille se détachant en jaune, indiquaient que des pêcheurs étaient là, la ligne en main. Une chaleur lourde faisait monter le thermomètre qui pendait contre le mur, accroché à un clou.

— Non, assurément, ce ne serait rien, ces nuages là-bas ne tarderaient pas à se dissiper, le vent allait les emporter.

Mᵐᵉ Duhamain se mentait à elle-même.

Jadis, avant son mariage, elle avait vécu à la campagne, longtemps, et comme les gens des villages elle s'était accoutumée à trouver un baromètre dans une multitude de petits phénomènes naturels. Elle avait conservé l'habitude de lire les almanachs, était toujours au courant des phases de la lune, s'inquiétait des éclipses et pressentait les variations probables de l'atmosphère.

En ce moment, l'examen du ciel ne pouvait

lui faire douter de l'approche du mauvais temps. Elle connaissait quels signes certains de pluie étaient ces grandes raies de soleil traversant les nuages avec l'écartèlement des rayons d'un ostensoir ; elle n'ignorait pas de quel pronostic fâcheux étaient ces pavés, qui, parmi les autres, apparaissaient tout mous, de place en place, le long de la rampe du pont ; elle savait à quoi s'en tenir sur cette pesanteur de l'air, sur cette lumière blanche qui papillotait sous ses yeux. La pluie, elle la devinait dans la couleur verdâtre de l'eau de la Seine, dans les mouvements de ce chat qui, là-bas, sur un tonneau se passait la patte par-dessus les oreilles, elle la sentait dans le chatouillement douloureux de ce commencement de rhumatisme qui résistait à des frictions obstinées; la pluie, elle l'avait vue annoncée hier par les globules de sucre courant de ci de là sur sa tasse de café noir, et ce

symptôme-là ne la trompait jamais. Pourtant,
elle se refusait à croire, et redoutant de rester enfermée avec Trudon dans ce restaurant
où elle était venue à son corps défendant,
elle essayait de se convaincre du néant de
ses craintes, elle contestait l'exactitude de
ses observations, se dérobait à l'évidence, et,
pour s'encourager, répétait mentalement la
phrase d'un almanach liégeois consulté le
matin, une phrase consolante qui disait :
dimanche, beau temps.

— Non, non, assurément il n'y avait pas de
quoi s'inquiéter. Et comme pour se donner
une preuve concluante, elle ajouta :

— Vous voyez bien, je n'ai pas pris de
parapluie.

Puis, tournant sur ses talons, elle fit de sa
voilette un petit paquet qu'elle attacha soigneusement avec une grosse épingle à tête
de jais, et se mira dans la glace, d'un air de

coquetterie inconsciente. Tandis qu'elle se
souriait, et que ses bras arrondis au-dessus
de sa tête rajustaient une natte tombant de
son chignon, Trudon silencieux devant le
gonflement de sa poitrine et la svelte cam-
brure de ses reins, se demandait si les ou-
vrières en robe et en corset n'étaient pas pour
beaucoup dans cette élégance et cette correction de formes. Et sans mettre son lorgnon,
par crainte de paraître inconvenant, il cli-
gnait ses yeux myopes, déshabillait Mme Duhamain du regard, cherchait à deviner quel
galbe elle pouvait bien avoir « au déballage ».

— Qu'est-ce qui vous prend ? Pourquoi
riez-vous comme ça ?

Tout en le questionnant, elle s'assit en face
de lui, sur une chaise. Il voulait lui faire une
place à son côté, sur le divan, mais elle
refusait :

— Non, non, non ! Quand je vous dis non.
Ah ça, pourquoi riez-vous ?

Il n'osa lui avouer qu'il venait de se la figurer, prête à se mettre au lit, n'ayant plus
guère que sa chemise, et au-dessous ses bas
passaient, avec des bottines très hautes.

Un instant, il eut l'idée de lui dire qu'il
avait vu ses jarretières, comptant ainsi ame-
ner la conversation sur un terrain favorable,
mais il hésita, et délicat et pusillanime, il
répondit :

— J'ai le mauvais œil, aussitôt que j'entre
dans un restaurant, je ne puis pas me faire
servir. C'est enrageant. Vous voyez, ce garçon ne vient pas ; on croirait qu'il le fait exprès.

Il monta cependant. Alors ils lui comman-
dèrent des huîtres et du vin blanc. Ils ver-
raient, ensuite.

Et ils se turent tous les deux, gênés par

leur intimité d'une heure, la nouveauté de leur tête-à-tête. Trudon sifflottait, et, par passe-temps, il essuyait son verre, avec un coin de sa serviette. Mme Duhamain l'imita, croyant vaguement à une bonne précaution.

Alors, pour rompre le silence, elle pria Trudon de vouloir bien accrocher son chapeau qu'elle avait par mégarde posé sur le coin d'une table de desserte, à côté d'une pile d'assiettes.

— Comment donc, mais certainement....

Et Trudon, machinal et ennuyé, se leva.

Le chapeau pendait à la patère, les brides tombantes, et il y avait dans le cabinet particulier un grand silence troublé de temps en temps par le cahot d'un omnibus, le crépite-

ment des roues d'un haquet, le pas des chevaux d'un officier et de son ordonnance allant visiter le poste perdu dans les étages
de tonneaux, là-bas, au tournant du quai.

Les huîtres servies, Trudon s'était assis,
réfléchissant. Tout cela ne menait à rien.
Les « bagatelles de la porte » lui semblaient traîner en longueur. Maintenant que
Mme Duhamain était là, devant lui, qu'il
sentait sa robe frôlant ses jambes, son pied
tout près de sa bottine, maintenant que
leurs couteaux s'entrechoquaient parfois en
prenant du poivre à la même salière, que
leurs mains se touchaient sur le goulot
de la même carafe, il se demandait de
quelle manière décisive il allait commencer
l'attaque, hésitait entre les protestations
d'amour qu'il jugeait trop lentes, et la brutalité qui lui répugnait, bien que, au fond, il
la considérât comme très sûre. Dans son

incertitude, il inventait des procédés, tâchait de concilier l'énergie et la douceur, s'épuisait en des recherches de combinaisons qu'il abandonnait les unes après les autres. Ce n'était jamais ça et il désespérait de jamais « trouver le joint ».

En vain il se rappelait les romans qu'il avait lus en chemin de fer, les scènes d'amour qu'il avait vues au théâtre ; en vain il se répétait les mots passionnés et les accents décisifs poussant les héroïnes dans les bras des séducteurs, les grands gestes d'autorité souveraine qui, le rideau tombant, courbaient les amoureuses sous la volonté des jeunes premiers. Mais c'étaient là des exemples qu'il jugeait inimitables. Les choses de la réalité marchaient avec moins de vitesse, elles se déroulaient avec une simplicité et un calme qui rendaient les déclamations impossibles, empêchaient les grands élans, et il demeurait ahuri de la différence qu'il découvrait entre l'exaltation de la littérature et la platitude de la vie.

Il s'acharnait. Des souvenirs de séances de spiritisme, des lambeaux de théories qu'il ne savait pas avoir retenus, lui revenaient à l'esprit. Il en arrivait à croire que des effluves mystérieux, des fluides de marche cachée mais d'influence certaine pouvaient s'échapper de sa personne et dominer Mme Duhamain. Il suffisait pour cela de vouloir avec énergie, de regarder avec fixité, et il se tendait le cerveau, ouvrait de grands yeux égarés.

Mme Duhamain s'étonnait un peu de l'étrangeté de sa physionomie, et pour ne pas paraître ridicule, il lui faisait des excuses, avouait qu'il était préoccupé de l'issue d'une grosse affaire contentieuse, ou bien, simplement, qu'il examinait les fleurs du papier.

— En effet, disait-elle, c'est gentil ici.

Ils se taisaient, à nouveau. Un instant après Trudon recommençait, mais son espoir de réussite était diminué. Il s'imaginait qu'en parlant elle avait contrarié l'action magnétique et rompu le charme, à jamais. Décidément, c'était fini, il ne pouvait plus compter sur rien. Il se résignait. Pourtant, à tout hasard, il étendit ses jambes sous la table et serra un genou de Mme Duhamain, d'une façon si douce, qu'il lui semblait que dans cette pression, il faisait passer toutes les délicatesses de son âme.

Elle ne se défendait pas, et, tranquillement, le cou un peu renversé, la main en l'air, elle gobait des huîtres. Elle n'en mangeait pas souvent à cause du prix élevé, et surtout pour ne pas choquer le goût de M. Duhamain. Il avait là-dessus des opinions tranchantes, ne comprenait pas quel plaisir on

pouvait éprouver à avaler des « affaires »
molles qui ressemblaient à des crachats. Et
Mme Duhamain, toute à sa gourmandise, entassait correctement les écailles sur son assiette. Elle ne songeait pas à s'indigner des
familiarités redoublantes de Trudon; seulement elle les trouvait incommodes, et même
un peu bêtes. Qu'est-ce que cela signifiait?
M. Duhamain aussi lui avait poussé le pied
délicatement la veille de leur contrat ! Et se
souvenant des fréquentes pesées de genou
qu'elle avait subies sous les nappes des dî-
ners en ville, chez des amis, elle s'étonnait
de la niaiserie ordinaire aux expressions du
désir, aux épanchements de l'amour, et un
mépris lui venait pour cet homme, qui, là,
en face d'elle, n'arrivait pas à lui procurer
la curiosité d'une nouvelle sensation. Ainsi,
rien d'extraordinaire n'arrivait. La vie
était plate à perte de vue ! et la banalité

qu'elle croyait fuir dans cette escapade, elle la retrouvait aggravée par la crainte d'une surprise, le secret remords d'avoir commis une mauvaise action.

Ni l'un ni l'autre ne rencontrait ce qu'il avait souhaité. Un grand vide se creusait au dedans d'eux : ils n'avaient plus la notion du temps, et demeuraient dans de longs silences qui stupéfiaient le garçon du restaurant. A part lui, il trouvait que les gens du n° 3 semblaient s'amuser comme « six sous dans quatorze poches ».

— Et après ça ?

Il les consultait sur ce qu'ils désiraient manger. Trudon s'en remit au bon goût de Mme Duhamain.

— Mais ce qu'il voudrait, ça lui était bien égal : il devait mieux s'y entendre qu'elle, jamais elle n'avait pu se reconnaître dans les cartes des restaurateurs, elles étaient pleines de noms qu'elle ne comprenait pas.

Elle affectait un air désintéressé, répondait en minaudant. Puisque, sans qu'elle sût bien pourquoi, elle était montée dans ce cabinet particulier, le mieux était de prendre son parti d'un rendez-vous qu'elle avait sottement accepté. Même elle trouva très comique de profiter de la circonstance pour faire un « bon petit déjeuner ». Alors, tout en résistant, elle imposa à Trudon un menu délicat de femme qui n'a pas d'appétit, la dînette d'un estomac de poupée. Elle demanda d'abord un vol au vent, des filets de sole. Elle hésitait, très indécise sur le rôti.

— Un gigot d'agneau ? proposa le garçon, très grave.

Oui, c'était cela, un gigot d'agneau. Puis, elle commanda des petits pois nouveaux, un fromage blanc glacé, et comme elle avait eu

l'air de faire beaucoup de concessions, avant
les fraises qui étaient « la primeur des primeurs,» elle exigea qu'on apportât une ome-
lette soufflée. Et ce simple repas lui apparaissait comme une excessive débauche ; ses plus
grandes fantaisies de bouche n'allant jamais sans économie, et ses rêves, dans son
ménage, restant toujours sur leur faim.

Trudon, gros mangeur, aurait bien désiré
quelque chose de plus solide, des mets plus
substantiels, comme un épais châteaubriant,
avec une large garniture de pommes de terre
frites, une grasse sole normande, mais il
avait cédé aisément, par politesse, surtout
par ennui de la contradiction. Du reste, il
avait pour principe de laisser faire aux
femmes tout ce qu'elles voulaient, discutant
seulement pour leur donner l'illusion de croire
qu'elles l'avaient convaincu.

— Et comme vin ?

— Du même, n'est-ce pas ?

Il fit cette question d'un ton d'autorité si grand que Mme Duhamain répondit :

— Oui, du blanc, il vaut mieux ne pas changer de couleur. Mais ça va peut-être bien me taper sur la tête.

Trudon ne croyait pas qu'il y eût danger ; pourtant, par précaution, il lui conseilla de boire de l'eau de seltz, fit monter un siphon.

Et quand le garçon les eut servis, Mme Duhamain regarda de nouveau autour d'elle et répéta :

— C'est gentil, ici.

Les romans-feuilletons lui avaient représenté les cabinets particuliers comme meublés avec un grand luxe, ruisselants-d'or du haut en bas des lambris, avec un capitonnage de soie tout imprégné de parfums et

suintant la volupté ; les déclamations de son
mari les lui avaient fait voir comme des bou-
ges obscurs dans lesquels on était obligé de
retrousser ses jupes pour ne pas se salir. La
pièce où elle se trouvait dérangeait toutes
ses idées. Elle n'était ni luxueuse, ni sale,
ni sombre, ni éclatante. Tendue d'un petit
papier à fond clair, qui figurait un treillage
sur lequel s'enroulaient des branchages et
des fleurs, elle réalisait au contraire ce rêve
de kiosque que Mme Duhamain se promettait
de faire construire, sur la terrasse, dans
l'idéale propriété achetée à la campagne,
quand son mari aurait fait fortune. Toute
ravie de l'accomplissement momentané de
son souhait, elle promenait autour d'elle un
regard complaisant, une à une, énumérait
toutes les fleurs de la décoration.

— Tiens des marguerites, tiens des coque-
licots, tiens des gobéas.

Et avec un peu de niaiserie elle continua, citant les unes après les autres toutes les pièces du mobilier, détaillant les patères, les candélabres de la cheminée, et jusqu'aux embrasses des rideaux.

Au fond, contre le mur, un canapé s'étendait, et la perse fripée qui le recouvrait était assortie avec le papier de la muraille.

Une pudeur saisit Mme Duhamain. Elle fit semblant de ne pas le remarquer, n'en parla pas, et, dans la glace, devant elle, elle se vit rougir, énormément. Puis, se remettant, par contenance, elle admira la suspension pleine de fleurs artificielles qui tombaient au-dessus de la table avec des volutes raides de copeaux. A son avis, c'était de bon goût, elle dirait à Adrien d'en acheter une pareille, pour leur salle à manger, l'été.

— Adrien ? fit Trudon, saisissant ce prétexte pour parler.

— Oui, c'est mon mari.

— Joli nom.

— Vous trouvez ?

— Certes, il n'est pas commun.

Elle ne partageait pas son avis, et pendant longtemps ils discutèrent sur le plus ou le moins d'élégance des noms de baptême. Il y en avait tout de même qui ne manquaient pas de drôlerie : ainsi, lui, Trudon, n'aurait pas du tout été flatté de s'appeler Onésime, Symphorien ou Pancrace. D'après son sentiment les noms correspondaient avec l'état moral de la personne qui les portait. Il n'imaginait pas qu'on pût être un sot sous certains vocables, même il alla plus loin : les noms avaient de l'influence sur la vie, déterminaient les vocations, décidaient de la célébrité. Par exemple, il était impossible qu'une Valentine ne fût pas élégante ; il avait connu des Blanche mélancoliques, des Berthe poseuses, des Mathilde romanesques, et il en cita d'autres, au hasard, qui toutes devaient à leur prénom la douceur, la fierté ou l'inconstance de leur caractère.

Hommes et femmes, le calendrier défilait, en entier. Il énumérait les saints et les martyrs, les confesseurs et les vierges, des sonorités barbares passaient dans la fumée des plats chauds, sur la table. Puis d'autres leur succédèrent, plus douces avec des lettres mouillées et des désinences en *a,* des sobriquets de filles, faits d'un mépris et d'une caresse, des prénoms qui venaient des romans de George Sand, des boléros de 1830, et des couvertures de polkas-mazurques.

Un moment il déplora, sérieusement, la perte des usages républicains qui baptisaient les individus avec des souvenirs de l'ancienne Rome, regretta les Sempronie et les Brutus, les Spartacus, les Gracchus et

Lucrèce, toutes les appellations farouches soufflant aux âmes l'amour de la liberté avec la haine des tyrannies, et finalement, il s'enthousiasma pour le nom de Marie, un nom délicat, dont l'anagramme, *aimer*, était plein de tendresse.

Oui, on avait beau dire, les noms avaient leur poésie. Certains faisaient rêver, et des syllabes de certains autres, un je ne sais quoi se dégageait tout palpitant de promesses de volupté. D'autres invitaient à la passion, d'autres encore amenaient l'antipathie. Et, galamment, comme pour résumer toutes ses théories par une preuve irréfutable :

— Voyons, vous, dit-il à Mme Duhamain, est-ce que vous auriez jamais pu vous appeler Eudoxie, Pétronille ou Scholastique ?

Il ajouta de nouveaux exemples, moins extraordinaires, que cependant il affectait de considérer comme tout à fait ridicules.

— Mais qui vous a dit que je ne m'appelais pas Gertrude ? dit Mme Duhamain continuant la plaisanterie.

Trudon n'en croyait rien, et tous deux, l'un en face de l'autre, la bouche un peu grasse de sauce, montrant leurs dents, ils riaient.

— Alors, si on ne m'appelle pas Gertrude, comment me nomme-t-on ?

— Ernestine, pardieu, répondit Trudon avec un grand air d'assurance.

Mme Duhamain fut très étonnée. Elle allait riposter quand le garçon entra.

— Tenez, lui, dit Trudon, avec une tête comme la sienne, je parie qu'il s'appelle Nicodème.

Mais le garçon prit la tenue digne d'un individu blessé dans son amour-propre, et sèchement, avec une affectation de termes choisis, déclara qu'on ne le payait pas pour devenir la risée des clients. Si on était mé-

content de la façon dont il servait, on pouvait
se plaindre, le patron n'était pas loin, mais
il n'entendait pas qu'on se moquât de lui.

— Il s'est mal levé, dit Trudon quand le
garçon fut sorti. Puis il plaignit les mauvais caractères qui ne savaient pas supporter
la plaisanterie.

Mais Mme Duhamain insistait :

— Comment avait-il appris qu'elle s'appelait Ernestine ? Où ? Par qui ?

— Mais, l'autre fois, au bal.

— Ah ! oui, fit-elle avec mélancolie, à ce bal !

Dans une apparition d'un instant, le *Salon
des Familles* flamba de toutes ses lumières,
sonna de tout son orchestre. Une involontaire et soudaine évocation lui fit revoir des
particularités oubliées, des personnes dont
elle ne savait pas les noms mais dont elle reconnaissait les visages : deux initiales bro-
dées sur la coiffe d'un chapeau gibus posé

sur une chaise abandonnée. Des dos décolletés passaient où rougissaient des places
d'anciens vésicatoires ; le nitrate d'argent des
grains de beauté factices qui cachaient des
boutons, jaunissait sur la blancheur des épaules, et tout autour d'elle, un monde de val-
seurs, se souriait avec des lèvres frémissantes encore d'un reste de baisers. La joie flottait éparse dans la poussière ; elle lui revenait
à la mémoire cette mélodie languissante de
piston, cet air de nervosité et d'extase pendant lequel Trudon l'avait embrassée. Et ces
choses-là lui semblaient très douces, étant
très lointaines.

Puis, M. Duhamain lui apparut à son
tour tout pâli par sa nuit sans sommeil.
Elle le revit venant à elle. Il bousculait
les danseurs et attirait l'attention. Elle
frissonnait sous la main qu'il lui mettait
sur l'épaule pour l'arrêter dans sa valse

commençante, elle l'entendait qui répétait :

— Mais dépêche-toi donc, Ernestine.

Oui, oui, elle se rappelait. Et tandis qu'au pied de l'estrade elle changeait de bottines, au milieu du tumulte du bal entier répétant niaisement l'ironique refrain, un violon de l'orchestre retourné vers elle, lui avait crié dans les oreilles :

— Mais dépêche-toi donc, Ernestine.

Cet imbécile ! La vivacité de son souvenir lui rendait les choses si présentes que maintenant encore elle ne savait pas ce qui l'irritait le plus, l'exigence de son mari ou l'insolence du musicien.

Alors, avec une intonation dans laquelle passaient les tristesses d'un grand regret.

— On s'est assez amusé cette nuit-là, n'est-ce pas, monsieur... ?

Elle s'arrêta, mettant une interrogation dans son silence.

Trudon crut l'instant favorable pour placer son prénom, et il confessa qu'il s'appelait : Alfred.

— Monsieur Alfred, reprit Mme Duhamain comme grisée par ses souvenirs et surexcitée par son ancienne colère.

— M'en suis-je donné, hein ? J'en ai presque eu le torticolis.

Et Trudon se réjouissait en songeant que ce mal de cou était venu d'avoir trop longuement incliné sa tête sur son épaule, à lui.

— Quand je suis rentrée chez moi, ma chemise était toute molle, dans le dos.

— Pas possible !

Au fond, ce naïf détail l'intéressait fort peu. En d'autres circonstances, il l'eût trouvé grossier, anti-poétique et destructeur de ces illusions que les plus brutaux aiment toujours à garder même sur la plus vendue des femmes. Mais au milieu de la débandade

de ses projets et de la ruine de ses strata-
gèmes, il insista, il lui semblait que le mot
chemise, sans cesse répété, le faisait plus
intime dans la familiarité de Mme Duhamain
et lui livrait, d'avance, quelque chose de sa
nudité.

Et pendant cette conversation qu'il jugeait si habile, Mme Duhamain éprouvait la
gêne frissonnante d'une femme surprise, en
déshabillé, dans son cabinet de toilette. Elle
était froissée au plus profond de ses délicatesses, blessée au plus sensible de ses pudeurs. Pas une phrase, pas un détail intime
qui ne lui semblât un mépris ou une insulte.
Son cœur se levait de dégoût. Au dedans
d'elle un grand écroulement se faisait. Une
tristesse morne l'envahissait à mesure qu'elle
découvrait les grossièretés cachées dans ce

Trudon. Et dire que pendant une semaine entière cet homme avait été toute son espérance, et qu'il avait semblé réaliser la distinction de son idéal!

Trudon continuait à parler. Il étalait ce qu'il croyait être sa science des femmes, ressassait lourdement tout ce qu'elles lui avaient laissé surprendre de leurs secrets et de leurs décolletages. Il disait les chemises aux pattes déboutonnées sur les épaules et fourrées ensuite dans le gousset des corsets, sous les bras. Brutalement, avec des rires niais et des sous-entendus polissons, il anatomisait les élégances, indiquait quelles misères d'odeur se dissimulaient souvent sous l'intensité d'un parfum. Puis, feignant des innocences et simulant des naïvetés, il commettait de grosses hérésies sur les entre-deux, mêlait exprès le tulle et la mousseline, confondait le chantilly avec le malines, espérait ainsi for-

cer Mme Duhamain à des explications précises, à des preuves qu'il aurait pu toucher
avec la main.

Mais elle ne relevait rien de ces erreurs.
Elle se disait que son mari avait eu raison,
là-bas, quand il était venu l'arracher malgré
elle aux valses énervantes du *Salon des Familles*. Pourquoi l'avoir conduite à ce bal ?
Est-ce qu'elle aurait eu cette idée, elle ? Au
contraire, jamais elle n'y avait pensé ! Et
puis, quelle sottise de l'avoir laissée seule au
milieu de ce monde, dans cette griserie de
musique et cette ivresse de plaisir ? Les complaisances de M. Duhamain lui semblaient
ridicules, elle s'irritait contre le manque d'à-
propos de ses amabilités. Pourquoi l'avait-il
quittée ? Pour aller jouer au billard ! Un joli
jeu, ma foi ! Et c'était ainsi qu'elle avait fait
connaissance de ce grossier personnage, de
ce butor, de ce parfait imbécile. Et, consolée

par la violence de ces injures mentales, Mme Duhamain prit un amer plaisir à contempler Trudon s'épanouissant dans sa bêtise et dans sa fatuité.

Ainsi, c'était là l'individu dont la présence l'avait ravie, qui l'avait enchantée par ses grâces, et il venait de lui ce baiser qui la remuait en souvenir. C'était là cet amour qui de   a bercer comme une musique et la caresser avec des douceurs de souffle !

Aux jours des grandes niaiseries méthodiques de son mari, au milieu de l'ambiante banalité de son ménage, elle avait souhaité de trouver quelque amitié sans sexe à qui elle pût s'ouvrir dans le laisser-aller des bavardes confidences, et qui fût devenu le vivant vide-poche de son cœur. Elle ne demandait rien de ces adorations agenouillées que certaines de ses amies rencontrées depuis le pensionnat entretenaient d'un sou-

rire et faisaient plier aux commandements
de leurs caprices, elle voulait seulement
quelqu'un qui lui permît de lâcher un
instant la gaminante personne que la pédante raideur de M. Duhamain laissait toujours en pénitence au dedans d'elle, non pas
un amant, mais une de ces délicates indif-
férences charnelles que les vedettes de lettres appellent invariablement « mon bon
frère », un camarade avec lequel elle serait
allée faire une partie de gaîté de temps en
temps, dans des rendez-vous qui ne lui auraient laissé nul remords, parce qu'elle y se
rait venue śans idée criminelle, et qu'elle
n'y aurait rien mis d'elle, que son rire.
Elle n'avait jamais ambitionné autre chose.
Mais maintenant, sous cet *autre chose* par
lequel elle se désignait à elle-même l'indécis de sa résolution et le vague de son rêve,
elle découvrait une réalité écœurante. Ah !

que tout ce qu'elle voyait et entendait depuis
deux heures lui semblait différent de cette
aventure de l'escalier dont elle avait si longtemps délicieusement évoqué le souvenir.
Alors elle pensa à son mari.

Assurément il n'était pas aussi mal élevé
que Trudon, mais il ne lui apparut pas comme
beaucoup plus spirituel. Ainsi de quelque
côté qu'elle se tournât, le mariage ou l'adultère ouvraient devant elle un égal horizon de
sottise, et l'adultère avait, en plus, l'incon-
vénient de compromettre et de déconsidérer.
Désormais, son parti fut pris. Comme ces
malades accablés qui renoncent à se retourner dans leur lit parce que le changement de
position ne leur procure qu'un changement
de douleur, elle se résigna. Banalité pour
banalité, elle préférait la platitude légale ;
ennui pour ennui, elle acceptait plus volontiers celui-là qui ne l'empêcherait pas

d'être respectée et qui n'aiguiserait pas contre elle les médisants commérages du quartier. Elle se sentit devenir inébranlable dans cette honnêteté où elle trouvait au moins l'espérance d'un bénéfice.

Trudon ne se lassait pas. Il avait cessé de parler de l'intimité des toilettes et d'accumuler les indiscrets détails de lavabo. Maintenant, il employait contre Mme Duhamain cette grosse gaîté mal embouchée qui, le dimanche, au retour de la campagne, emplissait de quolibets les tunnels des chemins de fer, secouait jusque dans leurs essieux les wagons des trains de banlieue. Il contait les farces faites aux employés, les chansons hurlées à tue-tête dans les embarcadères, les genoux des femmes pincés au milieu de l'obscurité des voûtes, et la grande querelle de deux individus montés dans le même compartiment. L'un voulait ouvrir le vasistas, l'autre prétendait le fermer, si bien que pour les mettre d'accord, un troisième voyageur avait cassé le carreau d'un coup de poing, tranquillement.

Bien que cette histoire vieille comme les diligences eût défrayé cent fois les conversations de table d'hôte et les nouvelles à la main des journalistes à court, Trudon affirma qu'il en avait été le témoin oculaire, s'il vous plaît. Même, pour plus de sincérité, il cita des noms. Elle était arrivée à son ami Chanousse. En voilà un, par exemple, qui ne manquait pas d'aventures. Une autre fois, toujours en chemin de fer, profitant de la courte nuit d'un pont, il avait embrassé la dame assise en face de lui, sur la banquette. Et, le grand jour revenu, voilà-t-il pas que le compartiment tout entier se met à rire et à blaguer. On se tordait. Le carmin des lèvres de la femme avait déteint dans la chaleur molle de l'effusion, et Chanousse, sur la joue, portait deux taches, rouges comme un écrasement malpropre de framboises.

Puis, quand il eut fini de donner comme ses impressions personnelles et ses observations particulières tous les racontars niais qu'il apprenait par cœur, quotidiennement, dans les journaux, Trudon exhala son enthousiasme pour les cafés-concerts. A son sens, c'était là le vrai théatre, le seul qu'un gouvernement intelligent et vraiment démocratique devrait subventionner. On était assis à son aise « sous les ombrages », on prenait des bocks ensemble et l'on se formait l'esprit. Sans compter que la musique n'était pas si mauvaise qu'on voulait bien le dire. L'orchestre était souvent composé de premiers prix du Conservatoire, ainsi....... On y entendait des morceaux de grand opéra et des romances fort jolies, ma foi. Il ne s'en ca-

chait pas, malgré lui, certaines mélodies lui
touchaient l'âme, et il y allait de sa larme.

Par politesse pour Mme Duhamain, il évita
de parler trop longtemps des femmes. Leur
mauvaise réputation lui faisait l'effet d'être
exagerée. Au fond, qui sait, parmi elles, il y
en avait peut-être quelques-unes qui avaient
embrassé cette profession pour soutenir leur
famille. A ce propos, il cita une figurante du
théâtre de la Porte-Saint-Martin laquelle avait
obtenu un prix Monthyon, ce qui, évidemment, démontrait qu'on rencontrait des honnêtes gens partout. Mais les comiques surtout excitaient ses sympathies. Sapristi, ils
en envoyaient de bien bonnes. Quelquefois
un peu raides, il ne disait pas non, mais il
faut bien s'amuser un peu, n'est-ce pas ? Du
reste, son système n'était pas d'envisager la
vie du côté triste.

Ensuite, il passa en revue tout ce qu'il ap-

pelait les « attractions » des théâtres en
plein vent, nomma des artistes en vogue,
affecta d'employer des expressions techni-
ques telles que : « être sur scène, avoir du
chien, mettre du gras, posséder de l'autorité, être en vedette », tous mots appris
dans l'intimité d'une chanteuse dont, un moment, il avait espéré devenir l'amant de cœur.
C'était vraiment un beau spectacle ! on y
pleurait la perte de l'Alsace et le morcelle-
ment de la Lorraine ; le patriotisme y était
exalté en même temps que les sabots du ré-
giment de la Moselle et les printemps de la
République. Des strophes vibrantes poussaient les consommateurs à la revanche,
Victor Hugo y était déclamé et Richard
Wagner tourné en ridicule, ce que Trudon
considérait comme le comble de l'art et le
suprême du rigolo.

—Vraiment, vous n'êtes jamais allée voir ça ?

— Non.

— Eh bien, il le lui disait franchement, elle avait tort. Jamais elle ne regretterait son argent.

— Un doigt de vin, n'est-ce pas ?

Et comme Mme Duhamain ne répondait point, il lui remplit son verre, jusqu'au bord.

— Oh ! monsieur.

— Pourquoi ne m'avez-vos pas dit : Assez ?

Elle n'y avait pas songé. La conversation de Trudon l'ahurissait, elle était stupéfiée comme par un opium de bêtise, et sans s'inquiéter s'il pouvait surprendre son mouvement et se fâcher, de cette marque d'impatience, elle leva les épaules, dédaigneusement.

Maintenant rien de ce qu'elle avait désiré
ne lui paraissait plus désirable. Le désen-
chantement venait avec chacune des paroles de Trudon. Les récits qu'il faisait souil-
laient l'espérance, anéantissaient l'idéal. Les
choses dont il parlait apparaissaient comme
mesquines, méprisables, elles gardaient
quelque chose de sa conversation et semblaient atteintes de la contagion de sa sottise. Les cafés-concerts amusaient Trudon :
Mme Duhamain devina l'ampleur de leur stu-
pidé. Dès lors, elle n'eut plus envie de mettre les pieds dans ces établissements où
l'attirait depuis si longtemps la fascinante
enluminure des affiches, tandis que de devant la porte par où passaient des lambeaux
de couplets et des bouffées de trombone,
très grave, M. Duhamain lui disait : « Tu
vois, c'est là-dedans qu'on chante. » Ses illusions sur ce qu'elle croyait être le plaisir

s'en allaient. Et l'amour! Comme ces chan-
terelles irrémédiablement défectueuses qui
faussent sous les doigts des violonistes les
plus suaves des mélodies, Trudon avait une
façon d'être passionné qui rendait l'amour
odieux et ridicule.

Trudon ne se taisait plus, très satisfait
au-dedans de soi de pouvoir « tenir le cra-
choir » aussi longtemps. Par une suite bis-
cornue d'association d'idées, après avoir dit
son avis sur la politique et répété qu'il ne
fallait rien brusquer, après avoir exprimé
ses théories sur le progrès, et avoir vanté les
poètes, travailleurs qu'il estimait particulièrement, parce que leur ouvrage était un
« ouvrage de tête », il était arrivé à débla-
térer contre les tramways, une invention
récente. Il l'accusait d'avoir été créée et
mise au monde uniquement pour tuer les
gens. C'était comme à certaines stations du

chemin de fer de Vincennes, cela manquait
de bon sens d'avoir laissé tant d'espace entre le marche-pied des wagons et le terre-
plein du quai : une vraie occasion pour se
casser le cou. Bien sûr, l'ingénieur à qui ces
travaux-là avaient été confiés devait avoir
fait passer son examen par un autre. On
voyait des choses si drôles, sous l'Empire.
Un jour, il s'en était fallu de bien peu que
deux sœurs de charité ne se foulassent le
pied. Sans doute, il s'en flattait, les bégui-
nes et lui ne passaient jamais sous la même
porte, et les couvents de la rue de Picpus,
si on avait voulu l'écouter, on en aurait
chassé les calotins pour que le gouvernement y logeât gratuitement des inventeurs.
Mais on dira ce qu'on voudra, c'étaient ses
semblables, du monde comme elle et lui, et
qu'on n'aimait pas à voir souffrir, n'est-ce pas ?

Mᵐᵉ Duhamain avait renoncé à écouter. Les

yeux fixes, plongée dans une réflexion si profonde qu'elle ne pensait plus à rien, machinalement avec ses doigts, elle tourmentait un morceau de pain, roulait des boulettes ennuyées.

— Hein? fit-elle, soupçonnant vaguement que Trudon l'interrogeait.

Il répéta sa dernière phrase, tandis qu'elle levait la tête et tendait l'oreille en femme qui s'applique et qui veut comprendre, puis elle répondit :

— Certainement.

— Pourtant, reprit Trudon il fallait être juste. Parmi les sœurs de charité, il s'en trouvait de bonnes, et d'intelligentes donc ! Tenez, pour n'en citer qu'une : la sœur Rosalie. Elle s'était dévouée pendant un choléra, avait fait l'aumône à des marchands des quatre saisons, donné des médicaments aux malades, dans les mansardes, recueilli des orphelins, fait évader des insurgés. Mme Saint Vincent de Paul, disait-il, en répétant le mot de la brochure dithyrambique où il avait trouvé ces renseignements. Mais il y en avait d'autres, plus particuliers, qu'il se flattait de connaître, tout seul. Et, baissant la voix comme s'il faisait une confidence, clignant de l'œil avec un air malin, il ajouta : Certaines grandes dames la prenaient pour complice quand il s'agissait de faire disparaître leursbâtards. Vous comprenez, ce n'est plus comme dans le temps jadis, maintenant, on n'aplus les oubliettes. En outre, elle avait été la maîtresse de nombreux grands seigneurs, des *mein herr* qu'il aurait pu nommer. Aussi elle obtenait ce qu'elle voulait de la cour, et des grâces, et tout. Louis-Philippe ne dédaignait point de la consulter dans les cas extraordinaires. Béranger avait parlé d'elle dans une de ses chansons, et le gouverne-

ment, cédant à l'opinion publique, l'avait
décorée. Quelle brave femme! elle avait un
tombeau à part, une croix en pierre très
simple, au cimetière Montparnasse, et deux
ou trois enfants naturels, on ne peut mieux
placés dans la haute société parisienne. Trudon tenait de source certaine qu'à l'heure
présente, l'un d'eux était médecin.

— Pas possible !

Mme Duhamain refusait de croire. Trudon
insistait. On le lui avait assuré, des personnes sérieuses. D'ailleurs, quel intérêt pou-
vait-on avoir à l'induire en erreur ?

Un instant, tous deux s'animèrent. Quoi-
que ne pratiquant pas, et n'allant jamais à
l'église que par politesse, les jours de mariage ou d'enterrement, Mme Duhamain ne
pouvait souffrir qu'on se moquât du clergé.
Elle considérait l'impiété comme une preuve
de mauvaise éducation. D'ailleurs, tout ça

c'étaient des *narrées*, un mot de son pays, qu'elle employait volontiers pour qualifier les affirmations sans intérêt et les récits qu'elle jugeait sans importance.

En ce moment, Trudon eut la vague notion qu'il avait manqué son effet. Pendant les longueurs de son bavardage il avait un peu oublié Mme Duhamain et ce qu'il espérait obtenir d'elle. Quand elle éclata, exprimant ses doutes, faisant ses réserves, il eut le sentiment qu'elle allait lui échapper, encore une fois. Alors il parla avec un ton d'autorité moins haut :

— Mon Dieu, il répétait ce qu'on lui avait répété. Peut-être n'était-ce pas l'exactitude en personne. Et puis, après tout, c'étaient des gens comme les autres. Ils n'étaient pas pétris d'une pâte spéciale. Et doucement, avec d'amoureuses inflexions de voix, il murmura :

— On peut bien aimer ce qui est beau, et désirer ce qui est bon.

En même temps, étendant son bras sous la table, avec une caresse lente, il promena sa main sur les genoux de Mme Duhamain.

D'abord, elle ne se dérangea pas, croyant à un faux pli de sa jupe, à la boursoufflure de son jupon, au frottement accidentel de la nappe empesée, sur sa robe. Fâché de son silence, Trudon devint plus hardi, et il la serra, un peu.

Elle se recula d'un bond, avec sa chaise.

— Eh bien, c'en étaient des manières !

— Quoi donc ?

— Vous savez bien, ne recommencez pas.

Trudon simulait l'étonnement. Il affirmait ne rien comprendre à ce qu'elle voulait dire.

— Oui, votre main.

— Sa main ! Il assura qu'il avait voulu ramasser sa fourchette, tombée à terre, maladroitement. Voilà tout. Est-ce qu'il l'avait touchée ? Le reste était en dehors de sa volonté. Au fond, il s'estimait très heureux : un instant, il avait eu peur de recevoir un soufflet.

Le dessert était servi. Gentiment, avec des phrases d'un entortillé galant, Trudon offrait à Mᵐᵉ Duhamain les primeurs étagées au milieu des feuilles vertes, dans les compotiers. Il comparait sa peau à la fraîcheur veloutée des pêches, trouvait des ressemblances entre les cerises et sa bouche, ses yeux et les amandes. Intimement, Mᵐᵉ Duhamain avec son instinct de bourgeoise économe, songeait que c'étaient là des fruits chers. Au marché, le vendredi précédent, elle en avait marchandé de semblables qui lui avaient semblé hors de prix, et tout bas, elle calculait à quelle somme pourrait bien monter l'addition. Trudon serait écorché, vraisemblablement : ce petit déjeuner-là lui coûterait bon.

Lui, s'épuisait en gracieusetés nouvelles. De temps en temps, allongeant sa cuiller, vers l'assiette de Mme Duhamain, il essayait de voler quelques-unes des fraises qu'elle mangeait une à une, en femme qui déguste un mets délicat. Invariablement, elle repoussait son bras, se défendait, couvrant son assiette avec ses mains. Puis, la fréquence des attaques l'impatientant, elle en vint aux menaces.

— S'il ne finissait pas, elle allait lui donner un coup de couteau sur les doigts.

— La pénitence serait douce, répondit Trudon très décontenancé.

— Vous verrez, vous le sentirez mieux que le point du jour.

Ils se turent encore. Très polis, ils se passaient les fruits qu'ils jugeaient les meilleurs.

— Tenez, celui-ci je le crois plus mûr.

— Ne prenez pas celle-là, elle a des taches.

Trudon offrit de lui casser des noisettes. Ils faisaient tous les deux un petit ménage enfantin, quelque chose comme une dînette de poupée. Tout à coup Mᵐᵉ Duhamain se récria.

— Ah ! ça, voyons, pour qui me prenez vous ?

Elle s'emportait contre Trudon qui, à bout d'élégances, venait de lui fourrer dans l'écranchure de son corsage le papier gaufré d'une assiette de mendiants.

— Vous finirez, n'est-ce pas ? en voilà assez.

Mais Trudon ne prenait pas garde aux objurgations de Mme Duhamain. Alors, se levant de table, il marcha vers elle. Un sourire niais entr'ouvrait ses lèvres, découvrait ses dents qu'il avait très blanches. Il imitait le langage de Mme Duhamain, le tremblement coléreux de sa parole, répétait :

— Vous finirez n'est-ce pas ? vous finirez.

Elle le regardait venir, le dos renversé sur sa chaise, avec un peu d'étonnement de tant d'audace, un peu de crainte aussi. Elle redoutait de ne pas savoir résister suffisamment. Trudon approchait, sa main en avant, l'air décidé. Elle le suppliait de rester à sa place « pour lui faire plaisir ». C'étaient des bêtises. Vraiment, à le voir ainsi, jamais on ne l'aurait pris pour un homme sérieux.

Une minute, il s'arrêta comme gagné par ses prières. Puis, se penchant, brusquement il l'attaqua d'un baiser, au hasard, sur ce que sa bouche put attraper de visage.

Furieuse, elle se leva, d'un bond. Et reculant un peu, elle lui cingla la figure d'un coup de serviette à toute volée.

Derrière elle, la chaise tomba. Le bruit lui fit peur. Elle eut envie d'appeler au secours, et le cri qui lui monta aux lèvres, elle le retint, pour éviter un scandale. Elle se jeta sur la porte, tenta de sortir. Mais la porte étant fermée, et la serrure résistant sous ses mains tâtonnantes et fébriles, elle réussit seulement à se casser les ongles. Et elle resta là longtemps, se battant avec la gâchette, tandis que Trudon, devant la glace, considérait attentivement sa joue gauche, marquée d'une longue érosion rouge jusqu'à l'oreille. Il s'approchait, se reculait tour à tour, avait des

penchées, des retraits de corps, des écar-
quillements d'yeux et des clins de paupières,
n'arrivait pas à se rendre compte du dommage exact causé à sa physionomie. Alors,
il tira de sa poche un porte-cigare dans l'é-
caille duquel une petite glace était encastrée,
et, se retournant de trois-quarts, cambrant
les reins, légèrement, dans l'attitude d'une
femme qui surveille sur son dos l'élégance de
la chute d'un manteau, il parut satisfait et
murmura :

— Allons, ce ne sera rien.

Néanmoins, par précaution, il versa de
l'eau dans un verre, y trempa le coin d'une
serviette et se lava la joue, avec délicatesse.
Puis, cédant au besoin d'être ironique, s'a-
dressant à Mme Duhamain qui n'arrivait pas
à faire jouer le pène contre lequel elle s'es-
crimait :

—Voulez-vous qu'on vous aide ?

Elle se retourna, aperçut Trudon en train de bassiner sa figure.

— Eh bien, vous voilà joliment arrangé ! et elle partit d'un grand éclat de rire.

Trudon était très vexé. Il avait bien vu des femmes, mais jamais encore il n'en avait rencontré une comme celle-là, et il demeurait indécis. Quelle conduite tenir ? Peut-être serait-il excellent de se fâcher. L'affaire étant mal engagée, il jugea prudent de prendre la chose en plaisanterie. Du reste, et sans en avoir conscience, il éprouvait cette lassitude qui se manifeste dans le laborieux accomplissement d'un rêve, alors qu'au milieu des difficultés de l'entreprise on commence à entrevoir la décourageante médiocrité du résultat. Doucement, il invita Mme Duhamain à ne plus faire la méchante.

— Est-ce qu'elle lui en voulait ? Est-ce que

par hasard, elle pouvait supposer... et il n'a-
cheva pas, mettant ainsi toutes sortes de
pudeurs dans sa réticence.

Il s'était trouvé un ton si humble, une attitude d'ahurissement et de supplication si
cocasse que Mme Duhamain sentit s'en aller
sa colère. Il n'était que ridicule, comment
diable avait-elle pu le juger dangereux? Alors,
elle affecta de le traiter comme un être sans
conséquence, et d'une voix d'autorité presque
amicale, comme elle aurait parlé à un enfant :

— Assez de jeu, voyons.

Trudon faisait mine de se rapprocher d'elle,
elle le menaça de sa serviette qu'elle avait
pris soin de ramasser.

— Ne recommençons pas, c'est entendu,
hein ?

Même, elle se rassit, et choisissant dans
le compotier une pêche, la plus grosse, d'un

coup de couteau circulaire elle la coupa, séparant le noyau en deux, d'une façon très habile.

— Tenez, voulez-vous, nous allons partager ? Allons, soyez tranquille, mettez-vous en face de moi, qu'on vous voie. Elle exagéra ensuite sa familiarité méprisante, jusqu'à l'appeler M. Du Toupet.

Il demanda qu'elle voulût bien l'autoriser à mettre sa chaise auprès de la sienne. Il serait bien sage, elle pouvait en être sûre. Elle consentit, et tous les deux, côte à côte, ils se turent. Dans le cabinet, une mouche, éveillée par le premier soleil, bourdonnait d'une manière continue.

Trudon considérait Mme Duhamain avec des yeux pleins d'un désir mourant, une expression de vague regret : l'attitude douloureuse particulière aux navrements des imbéciles. Alors, pour parler :

— Voulez-vous, nous allons trinquer ?

Et comme Mme Duhamain reposait sur la nappe le verre dans lequel elle avait trempé ses lèvres, par contenance, Trudon lui prit la main.

— Oh! monsieur, dit-elle, encore !

— Madame, répéta Trudon avec une intonation languissante, et d'un geste, il lui arrondit le bras autour de la taille.

Elle se laissait faire, les reins appuyés comme dans le dossier d'un fauteuil. Elle s'abandonnait volontiers, en femme sûre d'elle-même, avec une résistance légère et qui semblait céder. Trudon la regardait, les yeux dans les yeux.

— Eh bien, est-ce que je suis changée? Je suis comme les autres, pas vrai, avec le nez au milieu du visage.

Et lui, ne trouvait plus un mot, plus une phrase. Une fureur croissante crispait ses lèvres, agitait convulsivement les coins de sa bouche. Il devinait sa mésaventure racontée, connue, il se voyait tourné en dérision, il entendait Chanousse blaguer jusqu'au sang ses prétentions d'individu fort ; sa réputation d'homme à bonnes fortunes tombait. Et tout cela, à cause de cette petite bourgeoise, et niaise, et sotte, et bête. L'envie le saisit de la souffleter. Cette violence, au moins aurait vengé sa vanité et détendu ses nerfs. Mais la résolution lui manquant il se contenta de dire :

— Ainsi....

Il s'arrêta, prenant un temps comme les acteurs quand ils veulent lancer un mot à effet. Puis, après une demi-pause :

— Ainsi, vous ne voulez pas ?

Elle se recula un peu, le considéra curieusement, et sans doute elle le trouva très comique, car un violent accès de gaîté la secoua jusque dans ses jupons. Un rire perlé roula dans sa gorge, par saccades, remuant à son cou son médaillon d'or qui pendait très bas. Et sans répondre catégoriquement, prononçant des phrases entrecoupées, par intervalles :

— Pas de ça, Lisette..... Vous vous êtes trompé, mon cher. Si vous avez cru.

Et continuant, au milieu des hoquets de son hilarité, une phrase mentalement commencée.

— Oh ! mais non. C'est le cas de dire : eh bien et les mœurs ?

C'était une plaisanterie qu'elle avait lue, un jour, dans un journal amusant, un terme burlesque de refus qu'elle répétait d'ordinaire, à propos de rien. Cette fois-ci le mot lui semblait tellement en situation qu'elle s'en servit à deux ou trois reprises, en abusa presque. Sa colère, son mépris, tout s'en était allé. Elle s'amusait franchement,

et songeant à la niaiserie de leur escapade :

— Faut-il que nous ayons été enfants.

Trudon ne fit pas d'objection. Ils se turent,
encore.

Au loin dans les profondeurs du ciel gris,
la corne d'un bateau-mouche sonnait la réplique à la trompette assourdie d'un tramway.
Quelques gouttes de pluie tambourinaient sur
les vitres, s'y écrasaient, et puis coulaient,
tout du long, comme des larmes.

— Au moins, soyons camarades, voulez-
vous ?

Et comme elle semblait hésiter :

— Dites-moi au moins que vous ne me
gardez pas rancune.

Alors, au-dessus de la table encombrée
des débris du déjeuner finissant, Mme Duhamain fit un grand geste de dénégation : un
de ces gestes de politesse et d'indifférence

qu'elle trouvait, chez elle, quand un maladroit, pendant un repas, renversait une
coquille de beurre ou cassait un petit
verre.

— Non, non, ça ne comptait pas. Assurément, elle ne le poursuivrait pas de sa haine,
ça n'en valait pas la peine.

Tout à coup, on frappa à la porte,

— Hein ? qui est là ?

Un instant, Mme Duhamain crut à une surprise, à l'arrivée soudaine de son mari. Sans
doute on l'avait dénoncée. Et, bien qu'elle
ne se rendît pas compte comment M. Duhamain avait pu revenir si rapidement de Juvisy
elle tremblait, toute pâle, songeant déjà au
mensonge qu'elle allait inventer pour sa défense, à l'excuse qu'il serait nécessaire de
trouver. Même, elle s'apprêtait à jouer la
comédie d'une attaque de nerfs.

— Hé bien, ouvrez donc, monsieur.

16

Sa voix sonnait fébrile et entrecoupée, avec les raucités qu'une attaque de croup met dans la gorge d'un malade.

Trudon hésitait, naturellement. Il se voyait provoqué, souffleté, obligé de se battre. Jamais il n'avait tenu une épée, et le pistolet, il le tirait très mal, étant myope, considérablement. Une fois par hasard il avait cassé une pipe, dans un tir de banlieue, et avec une carabine encore ! Puis il soupçonna que M. Duhamain était sans doute accompagné d'un commissaire de police qui allait exhiber son écharpe, et, au nom de la loi, constater le flagrant délit. Dans une imagination rapide, il entrevit une salle de police correctionnelle, le père Chamblé cité comme témoin et bredouillant devant des juges assoupis au dessous d'un grand Christ encadré d'or, et

lui, entre deux municipaux, au banc des accu-
sés, tandis qu'au fond, parmi l'auditoire
avide de détails, son ami Chanousse ricanait
et le tournait en ridicule.

On frappa à nouveau, mais d'une façon si
discrète, que Trudon, rassuré, se décida à
ouvrir. Le garçon apparut, apportant le café
sur un plateau. Et remarquant l'air confus de
ses deux clients, la rougueur intense qui leur
montait aux pommettes, un sourire de satisfaction éclaira sa face louche de séminariste
traduit en cour d'assises pour attentats à
la pudeur. Narquoisement, alors, il s'ex-
cusa :

— Peut-être qu'il avait dérangé monsieur
et madame, mais c'est qu'il avait les mains
embarrassées.

— Non non, pas du tout, dit Mme Duhamain.

— Pas du tout, pas du tout, répéta Trudon.

Ils se plaignaient seulement de la chaleur
et priaient qu'on voulût bien donner de l'air,
un peu.

Le garçon redescendu, ils prirent le café,
très graves.

Par dignité, Mme Duhamain s'était privée
du canard à l'eau-de-vie qu'elle suçait, d'ordinaire, pour assurer sa digestion. Déjà elle
parlait de remettre son chapeau et de s'en
aller, et Trudon se demandait si oui ou non
il devait retenir cette « mijaurée » et cette
« bécasse », quand un grand coup de vent
ouvrit brusquement la fenêtre entre-baillée
et la jeta contre le mur avec un grand bruit
de ferraille et de vitres. En même temps une
bouffée d'air humide entra, secouant les rideaux, agitant les serviettes et la nappe. Au
fond, le chapeau de Mme Duhamain, tremblant sur le champignon de la patère, perdit
l'équilibre, faillit tomber. Elle le retint. Puis

revenant auprès de Trudon, tous les deux,
coude à coude, accotés sur l'appui de la croisée, ils regardèrent.

D'un bout à l'autre de l'horizon, de la
Tour Saint - Jacques à droite, jusqu'aux
tuyaux des usines d'Ivry, à gauche, aussi
loin que la vue pouvait s'étendre, les nuages
crevaient. Une pluie fine tombait, emplissait les chêneaux dont le grondement imitait,
sur le toit, le piétinement ferré d'un corps
de cavalerie en marche. Alentour, des gar-
gouilles crachaient avec le hoquet saccadé
d'une gorge qu'on gargarise. Dans les égouts
les ruisseaux débordants s'engouffraient, et
c'était tout du long des trottoirs un rebon-
dissant bruit de cascades, le sourd et étouffé
murmure d'un torrent souterrain. Des passa-
gers débarquant du ponton d'un bâteau-

mouche s'arrêtaient et vivement retroussaient le bas de leur pantalon, tandis qu'un
gamin mis en belle humeur par l'averse, sautait, courait de ci de là dans les flaques, tapait
des pieds, faisait jaillir sur les passants des
gerbes d'éclaboussures malpropres. Dans des
coins, des ombrelles se fermaient, désespé-
rées, ne pouvant plus résister au persistant
assaut de la rafale. De tous les côtés, entre
les pavés, sous les portes, une eau intarissa-
ble sortait comme d'une source invisible.
Dans les enfoncements de terrain, au milieu
de la chaussée des lacs se formaient. Une
inondation lente gagnait le bas des palissades,
clapotait le long des roues des omnibus qui
trottaient mélancoliques, leur caisse jaune
battue par la pluie et tigrée de boue, inces-
samment.

Mme Duhamain rit beaucoup de l'attitude
stupide des voyageurs d'impériale. Serrés

l'un contre l'autre, grelottants et trempés,
ils tenaient à deux mains des parapluies en .
détresse qui, au-dessus de leurs têtes, mettaient des balancements de ballon avec des
imbriquements de carapace. Et du ruissellement universel, une buée s'élevait au travers
de laquelle le paysage avait des indécisions
et des atmosphères de rêve. La ligne des maisons tremblait dans le lointain, comme prête
à disparaître, les arbres prenaient la teinte
confuse particulière aux images négatives
des plaques photographiques, et le Pont National, perdu dans la brume, confondait ses
arches grises avec le gris mélancolisant du
ciel.

Des clameurs s'entendaient, sinistres
comme le cri dernier d'un monde naufragé.
Soulevant les lourdes bâches des tonneaux
gerbés sur le quai, des rafales balayaient
si furieusement la berge, que dans sa guérite

ébranlée, un gabelou retenait son képi prêt
à s'envoler, continuellement. La Seine, sur
les marches du port, déferlait toute verte, avec
des remous de vagues, l'apparence colère
d'un bras de mer. Des péniches amarrées
chassaient sur leurs cordages, et chaque
poussée du flot arrachait à leurs flancs heur-
tés de grands gémissements, humains comme
des sanglots.

Mme Duhamain s'intéressa vivement au
pilote d'un bâteau-mouche, tout debout sous
le capuchon de son caban, et recevant l'a-
verse, sans broncher.

— En voilà un qui devait être frais.

Puis, elle songea à elle. Comment allait-elle
faire pour s'en aller ?

Quelque désir qu'elle éprouvât d'échapper
à Trudon, à la niaiserie de ses paroles, à l'audace brutale de ses tentations amoureuses,
elle ne jugea pas à propos de se mettre en

route sous ce déluge. Elle n'avait pas envie
de perdre son chapeau et d'être trempée
comme un barbet, n'est-ce pas ? Elle se résigna ; sans doute, ce mauvais temps serait
de courte durée.

C'était aussi l'espérance de Trudon. Cependant il ne fallait pas s'y fier. La pluie
ayant commencé « sur les midi », la fin de
la journée lui semblait bien compromise.
Par politesse, et pour prendre patience, il
proposa à Mme Duhamain de faire une partie de cartes : un cent de piquet, part
exemple.

— Non, elle aimait mieux être comme ça,
à regarder.

— Tiens, dit Trudon, voilà que ça cesse
de tomber doucement.

En effet, l'ouragan augmentait encore. Au
loin des volets battaient, une dégringolade
de carreaux s'entendait, sonnant clair à tra-

vers le paysage désolé. Puis le silence recommençait, un silence navré troublé seulement à de longs intervalles par la voix au-
vergnate d'un marchand de parapluies, une
voix d'abandon et de misère qui, là-bas,
dans les humidités du crépuscule, criait une
marchandise sans acheteurs.

Mme Duhamain s'informa de l'heure. La
montre de Trudon marquait quatre heures
et demie.

— Seulement ?

Elle répondit cela d'un façon très simple,
sans souci de commettre une inconvenance,
tellement ce mot était l'expression de sa lassitude, la confession de son ennui.

La journée ne finirait donc pas !

QUATRIÈME PARTIE

La bourrasque exaspérée fouettait la façade des *Marronniers,* mouillait le visage de
Mme Duhamain. Un agacement plus grand lui
venait encore des gouttes de pluie qui tombaient sur ses mains, par hasard, tandis que
sur le parquet, insensiblement de l'humidité
s'étendait et qu'un peu de froid traversant le
fin mérinos de ses bottines, gagnait ses pieds.
Plusieurs fois déjà, d'un mouvement léger,
elle s'était reculée, fuyant l'inondation, atten-
tive aussi à ce que son bras ne frolât point
le bras de Trudon accoudé auprès d'elle, et

maintenant, trop serrée contre le mur dont le plâtre blanchissait un peu l'épaule droite de sa robe, elle allait se décider à fermer la fenêtre, quand, au milieu de la boueuse solitude du quai, très calme sous la rafale, une escouade de soldats apparut.

Le fusil sur l'épaule, la jugulaire de leur shako coupant d'une ligne noire la pâleur de leurs mentons rasés, correctement sanglés dans leurs capotes ruisselantes, d'une allure cadencée et lente, cinq hommes s'avançaient. Au milieu d'eux, un autre soldat, en petite veste et en képi, marchait, l'air réfléchissant et affaissé. Sur son flanc gauche, une musette de toile battait, toute blanche. Et tous les six, gravement, sans accélérer le pas, comme à la parade, sans paraître s'apercevoir de l'acharnement de l'ouragan, ils se rapprochaient : les uns, toujours mécaniques, l'autre toujours résigné.

— Ah ! mon Dieu ! pourquoi donc l'emmène-t-on ? demanda Mme Duhamain.

Trudon expliqua que c'était un prisonnier militaire. Vraisemblablement, il avait dû se battre, voler ses camarades, peut-être même était-il allé jusqu'à insulter ses supérieurs ! Sans doute, on le conduisait à la prison du Cherche-Midi. Alors, longtemps, pris d'un incompréhensible intérêt, pour tromper leur désœuvrement, Trudon et Mme Duhamain s'ingénièrent à chercher quel pouvait être le délit dont ce malheureux s'était rendu coupable, le crime dont on l'accusait. Trudon exposait les cas. Avec un ton de voix entendu il citait les rigueurs du code de justice militaire, prêtait à l'inconnu d'imaginaires perversités, des fautes hypothétiquement graves, et, grisé lui-même par l'horreur de ses suppositions, il s'emporta, réclama finalement des peines excessives qui pussent servir d'exemple et maintenir la discipline.

Ex-sous-officier de mobiles, il tranchait du soldat parce qu'il avait sollicité un grade dans l'armée territoriale. Et bien qu'il fût constant que pendant la bataille de Buzenval il avait passé toute la journée à Rueil, plaçant des alcools et jouant au billard loin de son bataillon sérieusement engagé avec l'ennemi, il affectait des sentiments valeureux, s'étudiait à nourrir contre les Prussiens une haine invraisemblable. Même, bien que la bière y fût considérée comme excellente, il ne fréquentait plus sa brasserie, où des consommateurs étaient venus s'installer, qui parlaient allemand. Jusqu'aux gens dont il avait à se plaindre qu'il appelait Bismarck, croyant ainsi leur témoigner un mépris supérieur, définitif.

Les soirs que lui laissaient ses amours ou ses affaires commerciales, il s'abîmait dans une série de lectures héroïques. Il ne dédaignait pas les poètes : ceux qui, procédant par l'invective, réconfortent les âmes avec des injures ; ceux-là, plus délicats, qui les attendrissent avec des fadeurs. Sur l'oreiller, avant de s'endormir, il s'enthousiasmait volontiers quand des vers sans facture lui parlaient de clairons frappés à mort mais continuant à sonner la charge, néanmoins. Elles le ravissaient ces femmes du monde déguisées en ambulancières que des alexandrins représentaient comme vendant leurs bijoux, jusqu'au dernier, pour précipiter la libération du territoire. Un autre plus lyrique encore proposait d'épouser une fille de Châteaudun. et, la rendant enceinte, se disait sûr de procréer des héros. Il l'approuvait. Puis, sans transition, il revenait vite à des ouvrages plus sérieux. Un écrivain était allé en Allemagne, on disait qu'il parlait de ce pays *de visu* et ses

observations passaient pour excessivement
précises. Ce livre, Trudon l'avait emprunté,
et par l'exagération des choses naturelles,
le continuel parti pris de dénigrement, l'excès des conclusions générales tirées de faits
particuliers, l'étroitesse même des aperçus
d'ensemble, il répondait aux sentiments
les plus exaltés de son âme chauvine. Il le
relisait sans cesse, songeait à l'acheter. Il
le jugeait bien écrit, d'une lecture facile, et
puis, avant tout, le considérait comme ven-
geur !

Cette platonique préoccupation de la revanche se retrouvait jusque dans les détails de
son costume. Chez lui, il portait des pantoufles de tapisserie où l'Alsace, sur le pied
droit, la Lorraine, sur le pied gauche, étaient
figurées en costume national et pleurant, le
corsage orné d'une cocarde tricolore, cependant qu'au travers d'un encadrement de hou-

blons verts, des mots en laine jaune, couraient sur un liston avec cette devise : Elle
attend. Et ces patriotiques chaussures sym-
bolisant ses regrets, destinées à raviver ses
colères, causaient, quotidiennement, l'extase
de sa femme de ménage. Les jours de grande
revue, quand défilaient les cuirassiers, il
les acclamait avec chaleur, comme s'il eût vu
en chaque soldat un survivant de Reischoffen.
Ainsi, l'importance sincère qu'il accordait aux
mots convenus exprimant des choses médiocres, la grande dépense d'exaltation qu'il faisait dans des imaginations guerrières et des
rêves meurtriers devaient le laisser épou-
vanté et lâche devant les exigences précises
de la réalité, et il répétait perpétuellement :
« Il faut un coup de chien », une phrase
derrière laquelle il n'évoquait que le succès,
sans tenir compte des difficultés, ni se préoc-
cuper des moyens.

Mais ses théories n'arrivaient pas à convaincre Mme Duhamain. Oui, sans doute,
c'était juste tout ce qu'il disait là. Elle aussi
partageait cet avis, c'était également l'opinion souvent exprimée par M. Duhamain.
Mais qui savait ? peut-être que ce soldat
n'avait rien fait. Les militaires se montrent
souvent si ridicules. Et profondément émue
dans l'intimité inconsciente et délicate de
son cœur de femme, des yeux, elle suivait
douloureusement le pauvre diable, dont le
képi, là-bas, marchait au milieu des baïon-
nettes luisantes sous l'averse. Elle ne pouvait
s'empêcher de croire qu'il était victime d'insupportables vexations. Apparemment on
l'avait exaspéré. Il avait résisté à d'insolents
commandements, et elle s'attendrissait, prise
d'une envahissante sympathie, grandissant
les injustices et songeant à de vagues fa-
talités.

L'escouade s'éloignait, devenait toute petite. Mme Duhamain se pencha. Le point rouge du pompon des shakos, s'atténuait. Un instant encore elle les aperçut auprès d'un grand arbre, ensuite à quelque distance, auprès d'un tas de planches. Elle crut deviner qu'ils tournaient le coin d'une rue où, sur le pignon d'une haute maison, une redingote grise était peinte en manière d'enseigne, puis elle ne vit plus rien. Le quai s'allongeait maintenant désert et triste à l'infini. De place en place, une large flaque d'eau luisait, des tas de crottin espaçaient des taches noires, et par delà la ligne inégale des bornes, la Seine toute verte, ainsi qu'un fleuve de pus, coulait jusqu'à l'horizon trouble où tout se confondait.

Mme Duhamain ferma la fenêtre, et, se retournant, elle revit le cabinet particulier, Trudon !

Désintéressé de tout, il avait fini par se laisser tomber sur le divan, s'y vautrait, comme chez lui. Il avait déboutonné son gilet, et sa chemise apparaissait entre les revers que retenait seulement la chaîne de sa montre, sa chaîne d'or grosse comme une gourmette. Et la jambe droite battant en l'air une vague mesure, croisée par-dessus la jambe gauche pliée, le genou à la hauteur du cou, la tête appuyée sur ses mains, discrètement, sentimental et débraillé, il sifflait l'air de la romance de *Mignon,* un opéra-comique qui le délectait.

Alors, Mme Duhamain le trouva bête, définitivement, et elle regretta davantage ce soldat, qui, tout à l'heure, en passant, lui avait fait oublier la mélancolie de sa situation, l'excessif mauvais cas où l'avait entraînée son inconcevable besoin d'idéal.

Au dehors, la pluie tombait, sans discontinuer. Vraiment, elle ne pouvait songer à rentrer chez elle par ce temps-là. Elle ne s'était pas chaussée en conséquence, ses bottines prendraient l'eau, tout de suite. Et sa robe qui ne manquerait pas d'être gâtée, pour toujours, même si on consentait à lui prêter un parapluie, en bas. Pour comble de malheur, pas un fiacre sur la place! pas même un fiacre à l'horizon! C'en était une chance!

Le crépuscule s'épaississait, donnait à tous les objets une teinte indécise. Maintenant, au milieu du cabinet particulier, la suspension aux fleurs artificielles descendait du plafond comme drapée d'une enveloppe de toile d'araignée. Sur le mur, les fleurs gaies du papier unissaient leurs couleurs, s'effaçaient dans un ton gris, uniforme. Le jour avec lenteur se retirait des choses. Mme Duhamain, affaissée, le regardait s'éloigner tour à tour

du verni d'une chaise, du plateau de ruoltz
d'une bouteille, du cuivre d'une patère. Un
moment il s'arrêta sur l'argent d'une petite
cuiller, puis sauta sur la glace, comme s'il
s'y réfugiait. Mais chassé de l'or du cadre,
successivement repoussé par l'obscurité envahissante, il se réduisit, devint une étoile,
petite, toujours diminuée, scintilla un instant encore. Soudain l'humble lueur à son
tour pâlit. Ensuite, il n'y eut plus rien. L'é-
toile elle aussi s'était éteinte : la nuit était
venue, tout à fait.

Alors, Mme Duhamain éprouva dans son
cœur une tristesse illimitée : le jour, en s'en
allant, ajoutait à son abandon, lui amenait
un surcroît d'ennui si grand que sa volonté
même en demeurait anéantie. Sans force
pour rester et pour s'échapper sans courage,
elle demeura là, abîmée, sur une chaise,
dans l'obscurité grandissante.

De temps en temps un omnibus roulant sur le quai faisait sonner les carreaux mal assujettis par le mastic écaillé de leurs vieilles rainures. Autour l'ombre, vaguement, semblait trembler. Puis, la voiture passée, les tintements d'une cuiller de métal secouée dans un verre, s'atténuaient, et Trudon était entendu à nouveau.

Il était là, enfoui dans le noir. Rien de lui n'apparaissait plus, sinon, de temps en temps, un éclair fugitif, quand sa main droite, changeant de position, accrochait avec le diamant de sa bague un reste de lumière éparse. Et de toute sa personne confondue avec les ténèbres, la *Chanson de Mignon,* rendue plus sonore par le silence, montait, avec un petit susurrement aigu et délicat.

Mme Duhamain, elle aussi, n'ignorait point cette mélodie. Souvent, sur le piano, elle la jouait à son mari. Il la disait pleine de cœur,

« pourrie de sentiment » et marquant le
rythme avec son journal, chaque fois, indiquait des nuances. « Fais bien attention à la
rentrée, Ernestine ! » Dans son accablement,
les mots de la poésie s'éveillaient au fond
de la mémoire de Mme Duhamain ; involontairement elle mettait les paroles sur les
notes sortant des lèvres de Trudon invisible :

Connais-tu le pays où fleurit l'oranger?

Elle se chantait cela, mentalement, à elle-
même, le cerveau vide, la tête perdue :

Le pays des fruits d'or et des roses vermeilles.

Mais, au refrain, Trudon, par habitude
d'enthousiasme, s'oublia. Il ne se retint plus,
enfla le son, et Mme Duhamain le suivait, continuant :

C'est là que je voudrais vivre.

A son tour, elle haussa la voix sans s'en rendre compte. Tout à coup, elle s'arrêta net,

prise de confusion en s'entendant chanter presque tout haut :

Vivre, aimer et mourir.

Alors, elle éclata ! Ah ! par exemple, à la fin, c'était trop bête. Nom d'un chien ! elle ne pourrait donc pas s'en aller ! Elle se leva, gesticulant dans l'ombre, et courant à la fenêtre, retroussa un rideau.

Les carreaux étant humides, elle ne vit rien. De la main elle effaça la buée. Dans la trouble éclaircie qu'elle venait de faire, des lueurs louches étaient aperçues, si confusément qu'elles paraissaient éloignées. On venait d'allumer le gaz sur le quai d'Ivry, en face, et les clartés tombant des reverbères se reflétaient dans la Seine, alignaient dans l'eau sombre des architectures féeriques et comme une régulière colonnade de feu. La pluie tombait toujours, persistante, acharnée. Mme Duhamain essaya de regarder le ciel. Il lui parut noir, sans une étoile. Le vent continuait à souffler. Alors, désespérée, elle revint s'asseoir. Sur son divan, toujours couché dans l'ombre, Trudon maintenant sifflait les *Dragons de Villars*.

Cependant, en bas, dans la salle commune du restaurant, une immense sympathie montait autour du couple enfermé. Le chef en casaque blanche, le garçon somnolent donnant la réplique à la caissière assise hors du comptoir et brodant comme une dame, avaient cessé de s'égayer. Les grossièretés s'épuisaient, à la longue. C'est égal, tout le monde en demeurait d'accord, maintenant que leur affaire était faite, certainement, ils devaient avoir une bonne tête, tous les deux, là-haut, l'un en face de l'autre, n'ayant plus rien à se dire. Comment pouvaient-ils passer le temps ?

— Ils répiquent au truc, parbleu, jeta le sommelier, un ancien zouave, qui passait avec son tablier noir et son martinet allumé, à la main.

Les autres doutaient : la dame de comptoir rougit.

— Oh ! Massucot ! dit-elle d'un ton de blâme.

Mais Massucot avait disparu suivi par le chat qui avait quitté sa place près du dictionnaire Bottin, et, renfoncé dans la cave, il s'y taisait, absorbé par des dédoublages d'alcools, appliqué à de longs mélanges.

Le patron, dignement, souriait, les lèvres pincées. Il faisait semblant de ne pas entendre quelles grasses appréciations son personnel se permettait sur les clients de sa maison. Même, il les trouvait drôles, à part

lui. Il avait allumé un bec de gaz, et gagné
par la spleenétique atmosphère de la journée,
par désœuvrement, il essayait, sur le billard,
des combinaisons imprévues, tâchait à inventer des coups, et s'abîmait en d'extraordinaires effets de recul qui, dans la suite,
devaient étonner les praticiens et faire rêver
les consommateurs.

La queue en main, suivant sur le tapis
vert la course géométrique des billes, il remuait les épaules, s'effaçait brusquement,
se tordait, grimaçait pour faciliter les carambolages, et comme s'il eût été devant une
galerie nombreuse, tout seul, il prononçait
tous les mots qu'il faut dire : « Au voleur, ça
se marque, je lui ai fait peur, il y a de la
place autour, sans le contre, si ça a de la
force, on a trois coups à la chandelle, vive la
ligne », comptait ses points à voix haute. Il
parlait aux billes comme à des personnes, les

objurguait avec des expressions violentes, les encourageait avec des phrases tendres, tour à tour les traitant de garces et les caressant d'un suppliant : « Va, ma belle ! va, ma belle ! » Parfois, pour les pousser, il soufflait dessus, par habitude de la plaisanterie.

Trudon et Mme Duhamain le préoccupaient, néanmoins. Il se souvenait : de pareilles aventures n'étaient pas rares. Ce n'était pas la première fois que la pluie enfermait deux amoureux, toute la journée, dans son établissement. Intérieurement, il s'en réjouissait. Après les avoir exploités comme commerçant, l'addition assurée, il les réprouvait, étant, au fond, un homme moral qui voit dans tout malheur l'évidente manifestation de la Providence. Cependant, tout en préparant un coup, tandis qu'avec sollicitude, il mettait du blanc à son procédé, il dit négligemment :

— Ils doivent s'embêter là-haut, vous devriez leur monter des journaux, Victor.

Puis il s'allongea, levant la jambe gauche, et le boum ! du garçon s'évanouit au milieu du fracas d'un retentissant carambolage.

— Demandez-leur aussi, s'ils ont l'intention de dîner ici, reprit le patron, si heureux de son habileté, qu'il en devenait spirituel. Et il se contourna, passant la queue derrière son dos, bombant le ventre.

— Encore un, dit-il, d'avance, en voyant les billes courir l'une vers l'autre, rejetées par les bandes. « Aïe ! gare la rouge. Hé, il s'en est peu fallu. Si elle n'avait pas eu de poil. » Puis, satisfait de lui-même, lassé par la continuité même de son adresse, il jeta sa queue sur le tapis, tout du long, et machinalement, d'une main étouffant un bâillement, de l'autre il frappa sur le baromètre, à petits coups, secs.

Sur le large cadran au fond guilloché d'or faux, la fine aiguille d'acier bleuâtre ne bougea pas. Il redoubla. Elle continua à marquer: tempête, obstinément. Allons ! il fallait en faire son deuil, le temps ne se mettrait pas au beau ce jour-là.

— Oh ! la pluie durera toute la nuit, dit le garçon. Alors, il regretta sa négligence. Le matin il n'avait pas pris son parapluie, et pendant qu'il montait, tour à tour apparu et disparu avec les journaux dans la spirale de l'escalier, chacun lui prédisait que le soir, en s'en retournant chez lui, il serait trempé.

— Comme une soupe, ajouta le père Chamblé, renchérissant sur les prophéties.

Tourmenté d'une combinaison nouvelle, il était retourné vers le billard. La nuit augmentant, il haussa le gaz, encore, puis les billes placées en des situations malaisées, il recommença des expériences. Il s'était fait la main. Sûr de lui, maintenant, il ne ratait plus un coup. En haut, dans le cabinet particulier, le garçon était entré, et, avec lui, le retentissement d'un carambolage continu.

— Voilà de quoi vous amuser, dit-il en posant les journaux les uns auprès des autres, sur la table. Ensuite, il frotta une allumette sur la cuisse de son pantalon et l'approcha du bec de gaz.

Le papillon, mal épinglé, s'alluma en sifflant au milieu du globe de verre dépoli. Une lueur jaune, tristement, flamba. Dans la clarté louche, les ressorts du canapé se détendirent, sonnant avec un bruit métallique. Trudon, d'un coup de reins, venait de se mettre debout. Alors, il entreprit de reboutonner son gilet. Sa chemise débordant par dessus la ceinture de flanelle rouge qu'il portait, par mesure d'hygiène, il la renfonça, et, devant la glace, passa la main dans ses cheveux. Il sentait toujours une cuisson à la joue. Il se rapprocha, et long-temps regarda, plein d'angoisse. Cependant, tout bien examiné, l'éraflure de coup de ser-viette lui sembla diminuer ; avec un peu de poudre de riz, le lendemain, il n'y paraîtrait plus. Cette constatation lui causa un vif sou-lagement, et tour à tour, il s'étirait, se frot-tait les mains, faisait toutes sortes de mou-vements pour se témoigner à lui-même sa satisfaction. Mme Duhamain ne comprenait rien à ce manège : un moment elle crut que Trudon devenait fou. Il lui en parut plus ridicule.

Elle, n'avait pas bougé.

— Est-ce qu'il pleut toujours, monsieur? demanda-t-elle au garçon.

Il répondit affirmativement.

— Ah !

Trudon se crut obligé de dire que, pour un temps de pluie, c'était un beau temps de pluie. Il allait continuer, quand un bruit sourd lui coupa la parole. En bas, on entendait un corps lourd, qui rebondissait sur les dalles et, dans une course folle, faisait craquer le bois des stylobates. Emporté par un coup décisif, le père Chamblé venait de faire passer une bille par-dessus la bande du billard.

— Il joue la sauteuse, remarqua le garçon, finement.

Trudon, lui, exprima des craintes. Pourvu qu'on ne se servît pas de sa queue !

Alors, Mme Duhamain affecta de trouver le cas très grave. Même elle l'engagea sérieusement à aller voir. Elle espérait ainsi se débarrasser de lui, pour un moment, au moins. Et elle insistait :

—Oh ! vous pouvez descendre, allez ; ne

vous gênez pas : tenez, pendant que je vais regarder les images, moi.

Elle s'était approchée de la table et faisait semblant de choisir parmi les journaux illustrés dont elle lisait les noms, inscrits en lettres d'or, sur des couvertures de moleskine noire où cinq clous de cuivre, usés au bout par de continuels frottements, luisaient, géométriquement espacés. A la fin, elle se décida et en ouvrit un, au hasard, répétant :

— Je vous en prie, ne vous gênez pas.

Mais Trudon ne voulait pas la laisser seule. Il s'efforçait de croire que tout n'était pas fini : d'incertaines espérances le troublaient, encore. Il se prenait à compter sur un hasard, quelque chose d'ineffablement imprévu qui allait surgir, et qui le favoriserait. Tout à l'heure, sans doute, Mme Duhamain allait lui tomber dans les bras. Pourquoi non? Est-ce qu'on avait jamais

pu savoir? Les femmes étaient si capricieuses.
Il craignait de manquer une occasion, la
meilleure, peut-être. Puis sa vanité s'éveillant
à mesure, il se dit que non, il ne lui laisse-
rait pas le dernier. Il avait bien le temps de
jouer au billard, pendant la semaine, et si
on se servait de sa queue, malgré qu'elle fût
bien à sa main, équilibrée et très légère,
eh bien on pouvait l'abîmer, il la rempla-
cerait : ce n'était pas la mort d'un homme.

— Vous ne descendez-pas ? répéta Mme Duhamain.

Mais elle ne put vaincre son obstination.
Puisqu'elle attachait une telle importance à
ce qu'il s'en allât, il restait. Voilà. Tout heureux de deviner combien il lui était désagréable, il déclarait que lui aussi lirait les
journaux. Le matin, justement, il n'avait
pas eu le temps de voir ce qu'il y avait dans
le *XIXe Siècle*. Ça lui manquait.

— Vous n'avez plus besoin de rien, demanda le garçon, après avoir débarrassé la table ?

Ils se turent.

— Est-ce que vous dînez ?

Il y eut un nouveau silence. Dans le globe de verre dépoli, le papillon du bec de gaz sifflait d'une manière continue, agaçante.

Alors Trudon se risqua :

— Dînons-nous ? dit-il, en s'adressant à Mme Duhamain.

Un flot de sang lui monta à la figure. Voilà qu'il l'outrageait, en public, maintenant ! Il disait : Dînons-nous, comme si leurs intérêts eussent été les mêmes, comme si leur vie était devenue commune. Dînons-nous, c'étaient les mêmes paroles que prononçait M. Duhamain alors qu'une de leurs longues courses les retenait dans la banlieue, le soir, et dans cette expression

vulgaire à l'extrême, Mme Duhamain exaspérée trouvait comme une prise de possession de sa personne, une brutale violation
de son individu. Intimement, elle se révolta.
Ah ! ça, est-ce que Trudon s'imaginait avoir
des droits sur elle ? De confuses injures se
pressaient dans sa bouche, elle faillit lui
jeter à la figure qu'elle ne lui était de rien,
et qu'elle lui défendait de lui parler avec
cette familiarité. Vous entendez, espèce d'imbécile !

Les mots pressés se mêlaient dans sa
bouche, et elle allait sans doute répondre
à cette question qu'elle considérait comme
une insulte, quand le garçon lui apparut. Il se tenait debout, les mains empê-
trées d'une pile d'assiettes sales qui lui
montaient jusqu'au menton, et il attendait
les ordres, l'air stupide. Mme Duhamain,
néanmoins, trouva à sa figure une profonde

expression d'ironie, elle crut qu'il jouissait de son embarras.

Alors, elle comprit. Évidemment, le restaurant tout entier croyait qu'elle avait cédé à Trudon. Comment expliquer le contraire ? Jamais elle n'arriverait à donner une raison plausible qui la justifierait. Les apparences étaient contre elle, toutes. Est-ce pour rester honnête qu'on va s'enfermer avec des hommes, dans un cabinet particulier ? A qui ferait-elle croire qu'elle s'était défendue et qu'elle avait résisté, victorieusement ? Sa pudeur semblerait une comédie, on la tournerait en ridicule, sans compter qu'on ne manquerait pas de la traiter d'hypocrite et de bégueule. Allons, le mieux était de se résigner, et de supporter jusqu'au bout les lourdes conséquences de son escapade. Et comme Trudon, la questionnant à nouveau, disait encore :

— Dînons-nous ?

Gentiment, comme s'ils eussent été deux amoureux satisfaits l'un de l'autre et bien d'accord, elle se décida à répondre :

— Est-ce que vous y tenez, mon ami ?

Trudon se récria :

— Non, il n'y tenait pas. Et vous ?

— Elle, elle n'y tenait pas non plus. Elle n'avait pas faim. Même, par excès de con-descendance, elle donna des raisons, fit re-marquer qu'ils avaient déjeuné longuement.

— Et vous ne désirez rien autre ? demanda le garçon.

Ils hésitaient, un peu honteux de s'instal-ler toute une après-dînée dans un restaurant, sans y faire assez de dépense. Trudon se risqua :

— Un petit apéritif, hein ? qu'est-ce que vous en diriez ?

Mme Duhamain consentit. Oui, elle pren-

drait bien quelque chose de doux, une grenadine, par exemple. Lui, se commanda une
absinthe.

— Sans gomme? questionna le garçon au
moment de sortir.

— Oui, sans gomme.

— Sans gomme, bon! Et dans l'escalier,
tout en descendant, il cria :

— Une grenadine et une absinthe pure,
une !

Puis, il disparut. Mme Duhamain s'était
tue, à nouveau. Dans le cabinet silencieux,
le bec de gaz, mal épinglé, continuait à siffler.

— Il va bien mal, cet appareil, dit Trudon.

Mme Duhamain n'eut pas l'air d'entendre.
Il insista, désireux de renouer la conversation.

— Vous n'auriez pas une épingle sur vous.

Elle garda le silence, obstinément. Il ajouta :

— Parce que si vous aviez une épingle, je l'arrangerais, et d'un geste, il désigna le luminaire.

Mme Duhamain s'entêtant à ne pas répondre, il dut lui aussi se résigner à garder le silence. En bas, le bruit du billard redoublant, l'irritait comme une tentation. Un instant, il eut envie de descendre, et de faire avec le père Chamblé cinquante points en bras de chemise. Il se retint, néanmoins. Enfin, à défaut de mieux, il allait toujours lire le *XIXe Siècle*.

Il le chercha.

Mais le *XIXe Siècle* manquait, emporté qu'il avait été par un conservateur du voisinage. Il le sous-louait, et, tous les jours, à l'heure convenue, venait le chercher, lui-même. Il le parcourait des yeux, dans la rue, d'abord, et, rentré chez lui, le lisait tout haut, à sa famille. Elle estimait ce journal qui lui fournissait des formules prétentieuses pour exprimer la pauvreté congénitale de ses idées, et Trudon, lui aussi, ne savait pas s'en passer. Les rédacteurs lui en paraissaient respectables comme des oracles. Il s'attristait, parfois, de leurs défaillances, répétait néanmoins des phrases entières de leurs articles, croyant ainsi témoigner d'une grandè liberté d'esprit, et d'un considérable bon sens naturel. De temps en temps même il écrivait à Sarcey, le consultait sur des points litigieux, lui signalait des abus en même·temps qu'il dénonçait les manœuvres souterraines du clergé.

Il bouleversa tous les journaux, et tour à tour, il les prenait, les rejetait, les uns après les autres.

— Qu'est-ce que vous cherchez donc ? finit

par demander Mme Duhamain, qu'il impatientait.

— Le *XIXe Siècle*.

Elle aussi, s'employa.

Mais décidément, il n'y avait pas d'erreur,
le *XIXe Siècle* manquait. Alors Trudon que
tout abandonnait refusa successivement de
lire le *Rappel,* le *Temps*, la *République fran-
çaise.*

Mme Duhamain, par malice, lui offrit le
Pays de la veille.

Il se révolta. Cassagnac, à ses yeux, passait pour une fichue canaille : on devrait
l'envoyer un peu à Cayenne, pour voir.

— Le *Gaulois* alors ?

Tout ça, c'était de la même clique.

— Eh bien, le *Figaro ?*

— Est-ce qu'il lisait ces ordures ? C'était
la gazette des petites dames, et dans l'excès
de sa pudeur, il avoua ne pas comprendre

pourquoi le gouvernement laissait circuler
de pareilles publications. Ces complaisances-
là pervertissaient le goût public, à la longue.
Ne dirait-on pas qu'on vivait encore au temps
de l'Empire !

Ayant lu des journaux, toute sa vie, déme-
surément, il croyait à la dépravation naturelle
des monarchies, à la moralité supérieure
des états populaires. Et l'autoritaire fougueux
qui se cache au fond de tout républicain, ap-
paraissant, il invoqua les principes de 89,
n'hésita pas à les déclarer menacés. En ré-
sumé il était d'avis qu'on imposât silence,
par la force, à quiconque professait des opinions contraires aux siennes. Par exemple,
on devrait se porter en masse aux bureaux
du *Figaro* et y briser les presses typographi-
ques. Sans doute, il ne commanderait pas de
tels excès, il se contentait de les souhaiter,
bien décidé à n'y prendre aucune part et à

s'en réjouir, si l'événement tournait au favorable. En attendant, ce journal-là il ne le lisait jamais, par une protestation que tous les
honnêtes gens imitaient, disait-il.

Alors, heureuse de le vexer, Mᵐᵉ Duhamain affecta de défendre le *Figaro*. Il était
amusant, il racontait des choses ! Vraiment
Trudon n'en voulait pas ?

— Non.

— A votre aise, dit Mᵐᵉ Duhamain, moi,
je le lis.

Trudon la trouva sotte au delà de toute
expression, et son insistance lui parut du
plus mauvais ton. Dégoûté du tête-à-tête,
il finit par se promener, de long en
large. Par instants, il s'arrêtait dans un
coin, paraissait réfléchir, s'intéressait à
une des fleurs peintes du papier de ten-
ture, la regardait curieusement. Cette fleur
l'attirait toujours, sans qu'il sût pour-

quoi, et, chaque fois, faisant devant elle une halte plus longue, il la grattait du bout de l'ongle, comme s'il eût cherché à découvrir quelque chose, derrière. Puis il reprenait son va-et-vient monotone.

Cependant, Mme Duhamain n'arrivait pas à se distraire, et son ennui augmentait, aggravé encore par ses lectures.

D'abord c'étaient les journaux politiques. Elle les parcourait, les uns après les autres. De longues colonnes se succédaient où, dans des textes différents, M. Thiers était loué ; d'autres le tournaient en ridicule. Ils s'accusaient de mauvaise foi, réciproquement, chacun à leur tour, et les mêmes arguments servaient à des démonstrations opposées. Les uns vantaient l'action, d'autres, pour des motifs semblables, conseillaient de temporiser, et le style, uniformément exagéré, dissimulait sous

son emphase l'indifférence des bailleurs de
fonds, gens de négoce et d'agio subordon-
nant les affaires de l'État à des spéculations
de Bourse, bouleversant la France à leur profit et travaillant à renverser les ministères
pour assurer des reports de primes ou des
paiements de dividendes. A la fin, tous se
confondaient dans une égale sottise, l'admiration du dernier livre de Victor Hugo,
l'exaltation de la même chanteuse d'opérette,
la réclame pour les mêmes remèdes, l'éloge
du même sympathique confrère qui venait de
terminer une pièce en cinq actes, laquelle il
destinait au Théâtre-Français, naturellement.

Trudon réfléchissait. Maintenant que ses
rêves avaient avorté, il les considérait comme
tout à fait ridicules, ne faisant aucune difficulté pour se traiter de niais et d'imbécile.
Quel sot désir l'avait donc poussé à vouloir sé-

duire cette petite bourgeoise et grimacière, et mijaurée? Par quelle aberration en était-il arrivé à souhaiter sa possession? Quand il essayait de retrouver quelle suite de raisonnements l'avaient conduit à tenter d'avoir Mme Duhamain pour maîtresse, il s'étonnait de la pauvreté de son intelligence, s'irritait de la bêtise crasse de son projet. L'amour ne lui manquait même pas, en ce moment. Il avait de la femme sur la planche, puisque, chaque semaine, il recevait la visite régulière d'une brave fille, aimable au lit, souriante et peu coûteuse. Au lieu d'aller perdre son temps avec cette Mme Duhamain bégueule et toujours sur la défensive, combien il eût mieux fait d'écrire à Gabrielle qui lui amenait si volontiers pour toute une journée la dépravation de sa chair corrompue, et la raffinée débauche de ses caresses. Elle venait, à heure fixe, quand il le désirait, sans discuter, sans se plaindre. Il l'appelait Biëlle, en manière de tendresse. Elle ne mettait pas de corset, exprès, et pleine de complaisances, elle lui apportait des bouquets de violettes pour ses vases en porcelaine de couleur bleue, où s'agençaient ses initiales, et tirait de sa poche un citron, pour les grogs qu'ils buvaient, l'un après l'autre, dans le même verre. Même une fois, par excès de sympathie, elle lui avait fait un cadeau plus considérable. C'était une blague à tabac, en soie, un de ces ouvrages compliqués, à la confection desquels s'acharne le tendre mauvais goût des femmes : un entre-croisement multicolore de losanges, de carrés, de triangles et de circonférences garnis de rangs de perles et agrémentés de houppettes qui mettent sur les tables des estaminets le rondissement d'une calotte grecque, avec le bariolage d'une lanterne vénitienne. Trudon, en cet instant, y puisait le tabac d'une cigarette, et ses pensées, invinciblement, remontant de la blague à la femme, il la comparait à Mme Duhamain.

Alors combien Biëlle lui semblait supérieure ! Elle savait des chansons drôles, celle-là et jamais avec elle les desserts n'allaient sans plaisanteries, les parties fines sans gaîté. Il se rappelait jusqu'à ses manies ; toutes elles l'avaient agacé, et maintenant, toutes, de loin, lui paraissaient délicieuses, jusqu'à son entêtement à garder l'édredon, l'été, par les plus fortes chaleurs ; jusqu'à son insistance à l'embrasser sur l'oreille, d'une façon câline et retentissante qui le faisait tressauter.

Trudon s'arrêta, savourant des souvenirs, évoquant des déshabillés. Sa cigarette était roulée et il allait l'allumer à la flamme du bec de gaz. Pourtant, curieux de garder les

convenances, il se retint, et, consultant
Mme Duhamain :

— Madame permet ? La fumée ne vous
gêne pas ?

— Mon mari fume, Monsieur, répondit
Mme Duhamain, sans lever la tête.

Les journaux illustrés lui montraient le
couronnement du dernier roi, le linge sale
du dernier crime, les événements de Paris
et du monde, sur bois : des tramways cul-
butés par des chemins de fer, des familles
éplorées par des inondations, des naufrages
gravés d'après des documents et des hommes
célèbres reproduits d'après des photographies. Des tableaux qui avaient eu du succès,
au salon, l'année précédente, étaient représentés avec un soin d'exécution tout particulier. Elle s'y arrêtait. C'étaient, d'ordinaire,
des scènes de la guerre de 1870. Les soldats
français, la baïonnette en avant, s'y élan-

çaient, et le patriotisme des peintres s'étant
étudié à dissimuler les Prussiens dans les
fumées, à l'horizon, ils semblaient mettre
toute leur vaillance à attaquer un paysage.
En bas, des sonnets s'étageaient, expliquant
les sujets, découvrant des aperçus, ajoutant
du lyrisme et des profondeurs. Et les noms
des auteurs étonnaient M\ :sup:`me` Duhamain tant
leur notoriété lui était inconnue. Elle rêva
sur l'un d'eux cependant. Où diable avait-elle
vu ce nom ? Son esprit se tendit. Ah ! elle se
rappelait maintenant. Celui-là, plus célèbre,
avait signé des vers dans l'almanach du *Bon
Marché,* au milieu des réclames. Alors,
comme soulagée par le retour de son souvenir, elle tourna la page.

Avec leurs chapeaux à plumes et leur cheval, des généraux emplissaient des rectos et
des versos, du haut en bas. Des souverains
nouvellement mariés montraient un air niais

et comme la courbature de la toute-puissance.
Un monsieur, de physionomie intelligente,
était l'objet d'une mention spéciale : il
avait gagné le prix du tir aux pigeons, à
Monaco. Puis, elle contemplait aussi des
batailles ; des missionnaires attaqués par
des sauvages, des sauvages massacrés par
des troupes civilisées, et toute navrée par la
correction continuelle des scènes de carnage,
disposées d'une manière invariable avec le
même blessé qui supplie et le même cadavre
culbuté à côté d'un tambour crevé, au premier plan, Mme Duhamain ouvrit de nouveaux
journaux : les mondains et les amusants.
Mais elle dut s'interrompre, le garçon venait
d'entrer.

Il apportait les consommations. Il les avait
versées, d'avance, si bien qu'à chacun de
ses pas, quelque chose de rouge, à droite,
quelque chose de vert, à gauche, dansait

dans les verres disposés aux deux côtés d'une lourde carafe, sur un plateau de ruoltz.

— Voilà, dit-il. C'est tout ce qu'il vous faut ?

Il attendit. Sur la table, les liquides reposés reprenaient leur niveau.

Trudon pria qu'il allât leur chercher un fiacre, et se tournant vers M*** Duhamain.

— N'est-ce pas ?

Elle ne comprenait pas. Elle se demandait à quoi servirait cette voiture. Qu'est-ce que Trudon voulait en faire ? où prétendait-il la conduire ? Chez elle ? peut-être. Mais il était encore trop tôt, elle ne pouvait pas rentrer à cette heure ? Et puis, si on les voyait ! Qu'est-ce qu'on dirait donc, dans le quartier. Mais d'autre part, ils ne pouvaient rester là, éternellement, à se regarder comme des chiens de faïence. Donc elle acquiesça. Elle ne tenait pas à discuter ; du reste, l'idée de changer

de place la séduisait. Il ne lui coûta rien de
répondre :

— Comme vous voudrez, mon ami!

Le garçon sortit. Trudon s'empara de la
carafe :

— Vous permettez, dit-il, ces choses-là,
moi, çà me connaît.

Et il prépara les boissons. D'abord il versa
de l'eau dans la grenadine, sans apprêts,
mais quand vint le tour de son absinthe il exagéra les précautions, faisant tomber les gouttes
une à une, de très haut, et à mesure un préci-
pité boueux se forma qu'il déclara tout à fait
inoffensif, quoi qu'on veuille bien prétendre.
Ainsi « manipulée » l'absinthe, d'après son
avis, était moins dangereuse que le sirop. Il
parlait, mais réellement ses paroles ne s'a-
justaient pas à ses pensées ; mentalement il
continuait ses comparaisons, tout à des souvenirs de femmes.

Et puis, il n'y avait pas que Gabrielle ! Dans
l'exagération de sa déconvenue, toutes, il les
mettait au-dessus de Mme Duhamain. Il se
remémorait avec des satisfactions singuliè-
res des passades fugitives, des rencontres
dans la rue, des montées dans les escaliers
noirs, alors que le tenant par la main, des
femmes oublieuses de leurs allumettes le
tiraient jusqu'à une chambre d'hôtel meublé,
des nuits passées dans des logements où le
soleil, le matin, éclairait sur la table de la
couture inachevée, de la lingerie en paquets
et des porte-monnaie découpés dans du cuir,
d'amoureux dialogues autour des initiales
de papier doré collées au fond de son chapeau.

— Tiens, A. T. Ce sont mes initiales
aussi.

— Tu t'appelles Alice ?

— Non, Albertine.

— Albertine comment ?

— Albertine Thivet. Et toi, Alfred, n'est-ce pas ? je parie que tu t'appelles Alfred ?

Il disait : oui, dans un baiser, et la bougie se soufflait sur ces églogues.

Des aventures, soudain, lui devenaient précises et comme présentes. Un soir, c'était une femme accostée, sur le trottoir, au milieu de l'ombre d'un magasin fermé. Elle le questionnait. Qu'est-ce que vous faites ? et l'emmenait, séduite sans doute par la qualité de Trudon : courtier en vins. Elle habitait une maison sans concierge, ouvrait la porte en tirant un loquet, la main passée au travers des barreaux d'une grille, et, dans un intérieur où montaient les grasses exhalaisons de la boutique d'un charcutier, elle lui racontait une série de malheurs à mourir de rire : son mari soûl le jour de la noce, lui renversant l'encrier de la mairie sur sa robe blanche, et plus tard, son décès à la suite d'un accès d'alcoolisme.

— Ça ne vous intéresse pas, hein? tout ce que je vous dis là. Comme vous devez me trouver bavarde.

Il affirmait le contraire.

Ensuite, encouragée, elle lui confiait le grand larcin des voleurs s'introduisant chez elle, en son absence, et lui dérobant la croix d'honneur de son père, lieutenant-colonel du service des places, en retraite, et, pleine d'espoir devant la bonne tenue de Trudon, elle lui supposait de hautes relations. Il ne la détrompait pas, et, sur l'oreiller, elle lui demandait sa protection pour obtenir un bureau de tabac, rapidement. On le lui devait puisqu'elle était fille d'ancien militaire. Au ministère, on lui avait dit que sa demande était classée.

C'était drôle, au moins! En ces aventures,

21

Trudon apprenait toujours des histoires amu-
santes. Il écoutait les bavardages des femmes,
s'y intéressait, volontiers. Toutes se plaignaient du sort, des loyers, de leurs amants,
souhaitaient de gagner un gros lot. Certaines,
qui avaient été mariées, récriminaient contre
leurs maris. Il y en avait qu'on avait tenté
d'assassiner, par tendresse ; quelques-unes
avaient essayé de s'empoisonner avec des
allumettes, à cause d'un amour méconnu ;
d'autres avaient lutté pour demeurer honnêtes. Les unes affectaient des satisfactions, les
autres montraient des photographies, se
donnaient même des remords. Beaucoup parlaient de leurs enfants, de leur atelier, de
Saint-Lazare, et dans l'invariable miséréré
de l'infortune féminine, Trudon, sans cesse,
trouvait un intérêt, des gaîtés, avec l'insou-
ciance d'une cruauté bonne enfant. Au lieu
qu'avec celle-là !.....

Il regarda Mme Duhamain et fit un geste de mépris.

Elle continuait à tourner les pages, s'arrêtant par moments à de petites figures intercalées dans un texte soigné : silhouettes de femmes minuscules minaudant au bras de cavaliers à l'air grave, amazones à la jupe démesurée pilant leur poivre dans les allées d'un bois de Boulogne légèrement indiqué. Au milieu, dans une grande planche qui envahissait le verso et le recto de deux feuilles contiguës, des femmes se tordaient, se couchaient, s'arrondissaient, sveltes comme des mannequins, frisées comme des poupées et grandes invraisemblablement. Des jupes se retroussaient, découvrant au delà des jarretières des bas criblés de larges rayures. Des baisers s'échangeaient entre les bobèches d'un piano, et l'on surprenait, dans les coins, des penchées de corps décolletés, pour des

conversations dont on devinait la corruption
et les gravelures.

Et les articles, tous, parlaient de grandes
dames. Il était aussi question de ménage et
de bébés au milieu de ces toilettes de fille, une
odeur de pot-au-feu au patchouli circulait parmi ces intérieurs mondains meublés avec le
luxe exagéré et la grossière élégance d'une maison suspecte. Sous les yeux de Mme Duhamain,
des phrases pleines de sous-entendus passaient. Des situations risquées, des récits
voilés appuyés de détails scabreux, lui arra-
chaient un sourire contraint. Et d'un bout
à l'autre de ses pages, le journal évoquait
la vision d'une société extraordinaire, où
chaque individu, mû sans doute par un or-
ganisme particulier, naturellement comte ou
marquis, baronne ou chanoinesse, attaché
dans les ambassades ou officier dans la cavalerie, n'avaient d'autre préoccupation que de s'é-

crire des billets tendres et de s'embrasser
d'une façon clandestine, derrière des éventails ; et s'enthousiasmant pour des pouliches,
aux courses, pour des grains de beauté, dans
les salons, toujours rivalisant de belles manières, fleuris de gardénias, audacieux et
bien gantés, les hommes y franchissaient
tous les jours des murs de parc afin de posséder un instant des femmes mariées, âmes
idéalement méconnues, et se battaient volontiers en duel pour des performances avec des
pianistes pour témoins.

L'amour y était exalté, par principe, les
délicatesses raffinées. On y excusait l'adultère en même temps qu'on vantait les rendez-
vous et leurs surprises. Mme Duhamain passait très vite, en faisant des moues d'incré-
dulité et de mépris, bien qu'au fond de toutes
ces invariables histoires, les femmes, géné-
ralement, eussent le beau rôle.

Alors, elle tombait sur des annonces de corsets qui redressaient, amincissaient, avantageaient les tailles, des adresses de couturières unanimement brevetées par les grandes puissances, des réclames d'inventeurs d'eaux souveraines pour raffermir les chairs, éteindre les boutons, purifier les haleines. Les sages-femmes et les pédicures étaient recommandés sur un ton de madrigal : un moraliste, au milieu, émettait des aphorismes sur l'existence : on y révélait des préparations pour les soins intimes du corps.

Mme Duhamain porta son verre de grenadine à ses lèvres, et but une gorgée, d'un air désintéressé. Puis, elle prêta l'oreille. Il lui semblait entendre une voiture qui s'arrêtait dehors. Mais elle reprit sa lecture. Elle s'était trompée : seule, la pluie tambourinait sur les carreaux de la fenêtre pleine de nuit. Trudon, machinal, se promenait toujours.

Elle le compara à l'ours Martin, dans sa fosse
au jardin des Plantes, et cette idée la fit sourire, imperceptiblement.

D'anciennes bonnes fortunes continuaient
à égayer Trudon, en souvenir. Il s'était bien
mieux amusé, le soir où il était allé retrouver
une libraire militaire de Vincennes, une connaissance ébauchée de la Bastille à la station
de Reuilly pendant les quatre minutes d'un
parcours en chemin de fer. Il revoyait l'ar-
rière-boutique, avec un bec de gaz au-dessus
de la table recouverte d'une toile cirée géogra-
phique, l'agonie d'un bégonia, dans un pot,
dominant un secrétaire, et, sur les murs, de
poussiéreuses collections de papillons, sous
verre, surmontés par les médaillons de tous
les rois de France, en plâtre, côte à côte, dans
un cadre. Il arrivait, timidement. Deux voisins en visite se levaient, par discrétion, et
partant avec des clins d'yeux, les laissaient

seuls. Quelles étreintes s'ensuivaient ! Et le joyeux scandale qu'ils avaient causé, tous les deux, au parc d'Italie, dans un bal de société. Avec sa façon de valser sur les pointes, le laisser-aller galant de son attitude, s'était-on assez empressé pour danser avec elle, la libraire ! Les femmes des officiers de toutes armes l'enviaient, et des médisances avaient couru toute la nuit sous le battement frais des éventails à bon marché. Elle, elle portait une toilette complète, tandis que, les autres, à toutes, il leur manquait quelque ajustement, ou soulier, ou bas de soie, ou bijou, ou dentelle. La jalousie qu'elle excitait avait eu des rejaillissements sur Trudon, ce civil que les militaires, pour défendre l'esprit de corps jusque dans leurs épouses, affectaient de regarder d'une façon manifestement provocante. Seulement, la libraire avait l'épiderme délicat. Le soir de ce même bal, sans qu'elle sût comment, elle s'était cognée, et son épaule était devenue toute bleue, d'un bleu que Trudon, dans un café, avait tenté de dissimuler en appliquant dessus du blanc de billard râpé avec un canif. Oui, elle l'avait tendre, la peau, si tendre qu'il en abusa, dans la suite, pour lui faire des pinçons, sur les bras, par manière de tendresse.

Celle-là aussi, il la regrettait, malgré les trente-cinq ans qu'elle ne se lassait pas d'avouer. Il la regrettait pour le faisandé de sa personne vieillissante, les naïvetés même de langage qu'elle ajoutait à ses abandons, disant régulièrement : « Veux-tu que je t'appartienne. » Un capitaine de la ligne la lui avait soufflée avant qu'il en fût lassé, et il en concevait des mélancolies, aujourd'hui.

Certes, toutes ces aventures avaient été bien piètres : il n'en disconvenait pas ; mais le souvenir, en ce moment, donnait à ses amours passés des saveurs excessives, et comme nouvelles. Et puis tout cela avait été si facile ! Et reconnaissant, pour la première fois, l'uniformité des manifestations du plaisir, l'éternelle médiocrité des effusions, il préférait toutes ses maîtresses passées à Mme Duhamain. Il avait compté sur des dépravations pudiques, sur de savants calculs de défaillances, et maintenant que tout aboutissait à un refus catégorique, il souhaitait pouvoir s'échapper. Les sens un peu excités, malgré lui, par cette continue présence de femme désirée, il aurait voulu sortir, s'en aller chercher ailleurs des satisfactions plus commodes et des assouvissements moins retardés.

Alors, lui aussi, prêta l'oreille au bruit de la rue.

— Est-ce le fiacre, demanda-t-il ?

Tout se taisait dehors, dans la nuit ruisselante. Mme Duhamain dédaigna de répondre.

Il but une gorgée d'absinthe, et répéta :

— Est-ce le fiacre ?

— Je ne crois pas, finit par riposter Mme Duhamain, et elle se remit à regarder les images, de nouveau.

Un *Journal du Havre*, égaré parmi les fantaisies, donnait les accidents, les sinistres en mer, et Mme Duhamain ne put s'empêcher de s'apitoyer devant la croix noire placée en tête de beaucoup d'alinéas de petit texte. Elle annonçait les catastrophes, les abordages, les pertes corps et biens, ou plus simplement les avaries. Le naufrage de la *Sainte-Marie-Mère-de-Dieu*, engloutie en revenant de la pêche à la morue, la navra. Ensuite venaient des renseignements moins terribles, les tarifs pour le transit, le cours des savons, la mercuriale des huiles, des annonces de soumis-

sionnements de cuivre pour le radoubage
des navires. Elle lut aussi une réclamation
d'un monsieur qui se faisait l'avocat des
chiens de la ville, puis, ennuyée davantage,
elle retourna aux autres journaux, à ceux
qu'elle était habituée à considérer comme
gais.

Elle voyait une femme, sans cesse la même :
les seins uniformément saillants, les cheveux ébouriffés, la bouche faite d'une ligne,
les yeux faits d'une ombre, le corps fait de
rien, sous le maillot, la robe ou le peignoir,
elle était tour à tour, bourgeoise honnête,
courtisane ou cabotine. Et nue ou habillée,
debout ou assise. au lit ou à table, toujours
défectueuse d'anatomie, elle était lorgnée
par le monocle du même monsieur à physionomie de singe, dialoguait avec la même
amie, philosophait avec la même bonne,
et les choses qu'elle disait, imprimées au

bas, sous ses pieds difformes, manquaient d'imprévu et affichaient des prétentions.

Elle feuilletait. Des paysans, dessinés d'un trait lourd tenaient des conversations comme elle n'en avait jamais entendu tenir, à la campagne.

Soudain, elle s'arrêta, Trudon venait d'ouvrir la porte.

— Quoi donc ?

— C'est qu'il m'avait semblé entendre le garçon.

Mais personne ne montait. En bas, on entendait toujours le bruit de billes du père Chamblé, acharné dans ses carambolages.

— Il aura été obligé d'aller à la gare d'Orléans, continua Mme Duhamain.

— Ou à la gare de Lyon, riposta Trudon, curieux de la contredire.

— Oh ! d'Orléans ou de Lyon, la distance est égale.

— C'est que les fiacres ne doivent pas être communs par le temps qu'il fait.

— Un joli poussier, oui.

— Quelle pluie !

— Qui est-ce qui aurait dit ça, ce matin ?

— La journée s'annonçait si belle !

— Oh ! oui, une belle journée, je m'en moque, dit Mme Duhamain d'un ton dégoûté.

— Le fait est que ça fait du propre, dit Trudon.

Elle répéta.

— Oui, ça fait du propre.

Ils se turent. Le ridicule de leur situation, l'écroulement de leurs rêves, s'aggravaient malgré eux, au milieu du bruit de leurs paroles. L'un et l'autre, sans oser se l'avouer, se reprochaient de les avoir prononcées. Ce qu'ils disaient ajoutait à leur mélancolie. Leur désillusion, maintenant, leur paraissait tangible, et ils en souffraient plus

douloureusement, comme d'une gêne maté-
rielle.

Mme Duhamain s'était remise à feuilleter
les illustrations, sans y trouver un intérêt
plus grand, du reste. Elle tournait deux,
trois pages à la fois, dédaignant de s'arrêter
à aucune. Et, dans les mouvements préci-
pités qu'elle faisait, la petite boule d'argent
qui pendait de son bracelet, au bout d'une
chaînette, frappait le marbre de la table,
retentissait, par intervalles, avec un bruit
sec. Trudon l'écoutait, agacé, et ce petit
bondissement, métallique, répété, contri-
buait à lui rendre Mme Duhamain encore
plus désagréable.

Aussi, combien elles lui semblaient supé-
rieures et désirables, ces maîtresses à la dou-
zaine, femmes de chambre sentimentales et
cuisinières, rebondies, que son ami Chanousse, le propriétaire d'un bureau de place-

ment, lui rabattait comme un gibier. La tri-
vialité même de sa nature le servait en ces rencontres. Elles comprenaient ses plaisanteries,
étaient moins sensibles aux brutalités qu'il ne
réprimait pas, et ses tendresses, par leur
épaisseur, arrivaient toujours à les troubler.
Parfois, pourtant, on se défendait. Il essuyait
des pleurs, luttait contre des remords,
calmait des scrupules avec des blagues et
des sourires, pêle-mêle, si bien que, les mots
s'épuisant, des mains maladroites gonflées
par un reste d'engelures ou frémissantes
d'un semblant de pudeur, dégrafaient les
corsages et dénouaient des cordons, à la fin.
Les jupons de couleur tombaient, et les
seins, sous les chemises écrues, saillissaient
pour lui, hors des corsets de coutil gris.

Elles étaient élégantes, rarement. Leurs
bas cachou sortaient de bottines aux lourdes semelles, montaient le long des jambes,

pauvrement attachés au-dessus du genou avec des liserés d'étoffe. Il s'échappait des dessous des odeurs qui sentaient l'aigre, et les doigts, dans les caresses, se promenaient, rugueux malgré la glycérine, tant ils étaient mangés par l'acide gras des vaisselles quotidiennement lavées, tant la peau se durcissait pétrifiée par le carbonate incessant des savonnages.

Quelques-unes, par hasard, des femmes de chambre, principalement, apportaient chez lui des élégances empruntées aux femmes du monde chez lesquelles elles avaient servi. Trudon retrouvait sur leur personne des parfums, des prétentions et des pommades du *high life*. Ils les remarquait à peine. Par tempérament, il méprisait les délicatesses, celles du linge, celles de la toilette, et passionné sans passion, il ne voyait dans l'amour qu'un besoin aisément excité, contenté de même. Indifférent à la qualité, il se montrait fier du nombre.

Pourtant une fois, une Anglaise, laquelle avait enseigné des langues étrangères dans une succession de pays lointains, lui avait résisté. Chez la concierge, en descendant, toute rouge encore, elle s'était plainte en termes distingués :

— Pour qui donc la prenait-on ? Elle chargeait la concierge de demander au propriétaire si sa maison était une maison publique ?

Des explications en étaient résultées, au bout desquelles Trudon avait failli recevoir son congé, par huissier. Quelle fichue bégueule, avec ses aventures ! Elle et Mme Duhamain, Trudon par une furieuse association d'idées, les confondait dans le même dégoût. Les honnêtes femmes. Eh bien, merci ! C'en était une scie !

— Je crois qu'on s'arrête ici, dit Mme Duhamain.

— Non, répondit Trudon, c'est l'omnibus qui passe.

— Chut ! !

— Paix !

Ils écoutèrent, ensemble. Le papillon du bec de gaz avait cessé de siffler. Là-bas invisible au milieu de l'ombre, le clocher des Deux Moulins, sonna.

— Sept heures, dit Trudon qui avait compté.

— Sept heures, répéta Mme Duhamain. Et tirant sa montre : Oui, c'est bien sept heures. J'espère que la journée est longue !

— Ah ! à qui le dites-vous ! Et il poussa un soupir.

Ils recommencèrent à se taire. Dehors des carillons étouffés murmuraient au fond de la nuit, des cloches tintaient, musicales tant elles étaient éloignées.

— Chut! fit Trudon en posant son doigt sur sa bouche, perpendiculairement.

Mme Duhamain tendit l'oreille.

Mais le vent, par une saute brusque, avait changé de direction. Les carillons arrivaient moins sonores, par intervalles, et comme éparpillés au milieu de la nuit.

Mme Duhamain émit l'avis que ce devaient être les cloches de l'église Saint-Sulpice.

— Ah !

— Oui, ce n'est pas signe de beau temps.

Trudon, de ses fenêtres, entendait les marteaux des forges situées à Ivry. C'était également signe pluie.

— Ah !

Puis, après une pause, d'une voix dépitée:

— Décidément ce fiacre n'arriverait donc pas.

— Rien n'arrive, laissa tomber Trudon désespéré.

— Non rien n'arrive répéta Mme Duhamain, en songeant aux fuites incessantes de son idéal, depuis qu'elle était née.

Elle ne savait plus que faire. Elle retourna les journaux, les parcourut encore, à l'envers, depuis les annonces jusqu'au titre. Puis, les ayant de nouveau lus et relus sans rencontrer de curiosités nouvelles, ni éprouver de satisfaction plus grande, sous le tas où ils s'amoncelaient, elle prit l'*Indicateur des Chemins de fer* qu'elle avait précédemment dédaigné.

Au milieu de renseignements divers, de réclames pour des hôtels meublés, des casinos, des bains de mer et des pensionnats *extra muros,* mélangeant leurs prix et leurs vignettes, elle lisait, de longues colonnes de chiffres avec des noms de pays qui, limitrophes ou lointains, l'ahurissaient par la longueur de leur dénombrement ou la barbarie

de leurs vocables. Quelques-uns, par hasard,
dans la quantité, lui semblaient familiers. Ils
avaient été le théâtre d'une aventure retentissante, d'un pèlerinage ou d'un assassinat ;
une explosion les avait mis en deuil, ou bien
des ouvriers y avaient organisé des grèves.
Elle s'y intéressait. D'après des gravures et
des descriptions de localités autres, d'après
des souvenirs de son enfance passée dans
un village allongé aux deux côtés d'une
route poussiéreuse, avec la mairie à un bout,
la gendarmerie départementale au milieu et
une petite chapelle tout à fait à l'extrémité
opposée, elle cherchait à se figurer la disposition des maisons, l'aspect de la rue princi-
pale, la topographie complète de l'endroit
avec ses alentours. Quels trains y conduisaient ? Quelles correspondances le rendaient
accessible ? Et comme si jamais elle avait dû
s'y rendre, elle consultait scrupuleusement

les tarifs où le prix des places était séparé
pour les trois classes, l'heure des départs,
celle des arrivées, supputait les distances.

A mesure qu'elle changeait de compa-
gnies, la couleur du papier, elle aussi, changeait. Sur toutes les feuilles, à la première
page, rose ou jaune, verte ou blanche, une
carte de France aux nervures accentuées,
du Nord jusqu'au Midi et de l'Est à l'Ouest,
étalait un réseau compliqué de lignes et
d'embranchements qui, se ramifiant à l'infini, se reliant en d'incalculables anastomo-
ses donnaient l'impression d'une pièce ana-
tomique, d'un colossal appareil de circulation
industrielle, dont Paris, là-haut, organe central d'où partaient toutes les artères, où
se dégorgeaient tous les vaisseaux, était
le cœur congestionné et comme prêt à écla-
ter dans la dilatation d'un formidable ané-
vrisme.

Trudon s'était lassé d'aller et de venir : l'étroitesse de l'espace où il marchait lui fatiguait les jambes, la lassitude qu'il éprouvait dépassait celle qui résulte d'une longue promenade. Il s'assit, à la fin. Par besoin de gaîté, il tira à lui le *Tintamarre,* et d'avance, il souriait aux drôleries, calembours, devinettes, calembredaines et coqs-à-l'âne dont il allait se donner le régal.

Mais ce jour-là, le *Tintamarre* était triste : il avait perdu un de ses rédacteurs, le plus justement estimé, et son portrait, exceptionnellement gravé, à la première page, au milieu d'un large encadrement de deuil, le représentait avec l'air d'un sous-officier de cavalerie alcoolique et attendri. Autour, une nécrologie exaltait la multiplicité de ses vertus domestiques, l'acuité de son esprit, la douceur ignorée de son caractère, révélait quelle candeur exquise se cachait en cette

nature si éminemment caustique, donnait le
nombre de ses enfants, le nom de son chien,
indiquait l'adresse de son dernier domi-
cile.

Cent lignes, presque, déploraient qu'un
pareil talent se fût éteint dans son plein res-
plendissement, la veille peut-être du jour où,
élargissant encore sa manière, il allait se
transformer et s'affirmer davantage. N'importe ! il avait apporté sa pierre à l'édifice,
combattu le bon combat ! Champion de l'idéal,
il n'appartenait à aucune école sinon à l'école
du cœur, la meilleure, après tout. Les circonstances ne s'étaient pas présentées, sans quoi,
il aurait probablement défendu la liberté au
péril de sa vie. Car il était de la légion des
esprits en marche, et Victor Hugo lui avait
écrit :

« Vous êtes au zénith du terre à terre qui
plane. Il y a des difformités qui redressent :

vous en êtes une. J'applaudis à vos démences
qui font de la raison. »

Et cependant voilà qu'il était mort ! L'article toutefois trouvait une consolation à cette
perte en déclarant que cette âme supérieure
et cette intelligence élevée ne disparaîtraient
pas, mais que leurs atomes, dilatés à l'infini, se
répandraient dans la grande nature et qu'elles
renaîtraient à la longue, sous toutes les formes, confondues avec les rayons, les sons et
les aromes.

Puis la réclame, comme toujours, dominant l'attendrissement, le panégyrique rappelait que cet écrivain délicat laissait trois
ouvrages de prix et de formats variés :
les *Pensées d'un accoucheur*, les *Mémoires
d'un Clyso-Pompe*, et l'*Homme à l'oreille
de jujube*, un grand roman dont on citait
l'éditeur.

La page tournée, les tristesses s'atténuaient

au milieu d'un redoublement de sottises. Des entrefilets en style gras défendaient la morale, et des écrivains mettaient pompeusement leur imagination brenneuse au service de la République. Toutes les actualités de la semaine défilaient lardées de calembours, éclaboussées d'ordures. La maigreur d'une actrice en vogue fournissait matière à des plaisanteries interminables, et le procédé de romanciers aux œuvres retentissantes était pastiché en phrases sous l'apparente gaîté desquelles s'abritait de la délation. Plus loin, après des stances célébrant l'amour et stigmatisant le cléricalisme ; après des sonnets dont les rimes insuffisantes exaltaient 1789 et la nature au printemps, la Bastille prise et les jupons troussés sous la feuille à l'envers, des télégrammes s'échangeaient, si définitivement stupides, que l'esprit même de Trudon n'arrivait pas à les comprendre.

Mais dominant le tout, avec une gravité plus comique cent fois que les seize pages de son journal peinant en plaisanteries, le rédacteur en chef, patriote plein d'amertume, exhalait des plaintes et demandait justice. Il réclamait ses droits civils et politiques : les tribunaux l'en avaient privé à la suite d'un article jugé délictueux envers les bonnes mœurs. Pour plus de preuves, il citait des opinions, parlait de Rabelais et s'appuyant de l'autorité du *XIXe Siècle,* lequel passait pour compétent en la matière, sollicitait d'être remis en possession de ses droits électoraux.

Trudon était d'avis qu'il fallait les lui rendre. A quoi pensaient donc les ministres? Puisque cet homme avait imité le curé de Meudon ! Voilà toujours ce qu'on faisait de la liberté, et il allait s'indigner contre le gouvernement même de la République quand le garçon entra.

Perdus dans l'infini de leurs préoccupations, cette fois, Mme Duhamain et Trudon ne l'avaient pas entendu monter. Le fiacre était dans la rue.

— Bien, dit Trudon, l'addition, maintenant.

Et quand le garçon fut redescendu :

— Et nous allons ? demanda Mme Duhamain.

— Où vous voudrez.

— Moi aussi.

— Je n'ai pas de préférence.

— Ni moi non plus.

Néanmoins Trudon proposa d'aller faire un tour aux Champs-Élysées.

— Oh non, merci, par exemple.

— Où, alors ?

Soudainement, Mme Duhamain s'avisa d'une combinaison. Voici : ils iraient à Charenton. Là, elle prendrait le train, revien-

drait à Paris, et de la gare de Lyon, remontant la rue de Châlons, la rue de Rambouillet,
à gauche, puis l'avenue Daumesnil, à droite,
elle rentrerait chez elle. Elle aurait l'air de
venir de Paris. De la sorte, les soupçons ne
s'éveilleraient pas dans le quartier. Trudon,
lui, tirerait de son côté, et, ni vu ni connu,
je t'embrouille.

— Allons à Charenton.

— Entendu, elle allait se chapeauter.

Elle se tenait devant la glace, souriante,
la figure encadrée par ses deux coudes, tandis que ses mains, derrière la tête, travail-
laient à attacher sa voilette. Trudon la regardait plein de stupéfaction. Il ne la reconnaissait plus. Sa physionomie avait changé.
Pourtant les traits en étaient demeurés invariables, mais leur expression, devenue indifférente, ne lui causaient plus de ravisse-

ment, sans cependant exciter son dégoût. Il ne la trouvait même pas laide.

Mais combien la Mme Duhamain reflétée dans la glace lui paraissait éloignée de celle-là, qui, les cheveux tombant dans un filet à larges mailles, emplissant l'escalier d'une délicate odeur, lui avait laissé pendant trois semaines la tristesse d'un regret avec le trouble d'un grand désir.

Ce n'était pas non plus la Mme Duhamain rencontrée au *Salon des Familles*, abandonnée dans les valses, sautant au rythme des polkas et tournant, les yeux alanguis, sous les marguerites artificielles de sa coiffure. Même il était obligé de faire un considérable effort d'esprit, pour se figurer à nouveau sa toilette exacte, et quelle séduction particulière elle avait dégagé ce soir-là.

— Voulez-vous m'aider, monsieur, dit Mme Duhamain.

Elle priait que Trudon voulût bien s'employer pour lui faire endosser son vêtement. Il s'y prêta, souleva les anglaises de la main gauche, pendant que de la main droite il remontait le collet d'une manière délicate.

— Là, merci, ça suffit.

Et pendant qu'elle nouait des cordons autour de sa taille, Trudon se demandait à nouveau où était la Mme Duhamain qu'il avait attendue le matin. Est-ce qu'elle était ainsi, quand elle se détachait sur le fond ensoleillé du boulevard, et qu'il avait marché précipitamment au-devant d'elle ? Est-ce qu'elle était coiffée de ce chapeau de feutre brun où tremblait un bouquet de roses-thé ? Est-ce qu'elle souriait ainsi sur la voilette de tulle noir étincelant par endroits d'un semis de pois d'or ? Elle avait donc cette attitude sous sa confection, cette confection en forme de dol-

man où s'enroulaient et se déroulaient les
arabesques d'un soutachement de soie ? Aucun désir ne se levait maintenant de la com-
templation de la même femme revêtue du
même costume, et il ne comprenait plus
comment, quelques heures auparavant, le
frou-frou des jupons remués par ses pieds en
marche, avait pu lui donner l'illusion qu'à chacun de ses pas, toute la personne de Mme Duhamain chantait. En effet, ce que nous aimons
dans la femme c'est l'air qu'on lui trouve
au moment précis où nous la rencontrons :
un air qu'elle n'aura plus demain, après-
demain, un instant après, quand elle sera devenue notre épouse, notre maîtresse, ou plus
rapidement encore, dès que nous lui aurons
parlé. Et c'est l'irrémédiable misère des liai-
sons que cette fugacité des traits où les
amants eux-mêmes ne se démêlent plus.
Avant les intérêts, les visages déjà leur sont

étrangers, et la rupture viendrait vite n'était la peur d'un inconnu plus lointain, la lâcheté surtout, qui résulte d'un commencement d'habitude.

— Voici, dit le garçon.

Il apportait l'addition sur une assiette, puis descendit.

— Ça fait combien, demanda Mme Duhamain qui se lavait le bout des doigts, dans un verre.

Trudon se récria :

— Ça ne faisait rien.

— Comment ça ?

— Rien du tout, ça me regarde.

— Ah ! mais non.

Elle avait préalablement soufflé dans ses gants de Suède jaunes, et doucement, tirant sur la peau, avec une tension délicate et continue, elle tâchait à les mettre. Et s'arrêtant par instants :

— Sérieusement, elle entendait prendre
sa part de la dépense.

— Jamais de la vie.

— Si.

— Non.

Puis d'une voix plus douce, comme si elle
réglait une affaire déjà entendue :

— Voyons, sans plaisanterie, qu'est-ce que
je dois ?

Son gant, à la main gauche, était déjà
boutonné. Alors elle se pencha, pour essayer
de regarder la carte et d'y lire le total.

Mais Trudon la prévint. Il saisit la bande
de papier couverte de chiffres au haut de
laquelle les *Marronniers* avec leur façade
étaient représentés, lithographiés, la dé-
chira prestement, et pour plus de précaution, roula les fragments en forme de boulettes. Par plaisanterie, il eut envie de les
jeter à la figure de Mme Duhamain ; il se re-

tint néanmoins, se contentant de rire d'un air supérieur.

— Ainsi vous ne voulez pas ?

— Pourquoi insister ?

— Vraiment, vous n'êtes pas raisonna-ble.

Elle avait entrepris de mettre son gant droit : y arrivait difficilement. Alors, comme dans l'échange indifférent de leurs questions et de leurs réponses un peu d'intimité s'était établi à nouveau :

— Tenez, dit-elle, moi je ne peux pas.

Elle lui tendit la main.

— Boutonnez-moi ça.

Mais il peina longtemps, sans succès. La peau souple fuyait sous la boutonnière un peu éraillée.

— Voulez-vous une épingle à cheveux ?

— Non il en viendrait bien à bout.

Il se flattait : et tout en travaillant à saisir

le bouton qui toujours échappait à ses ongles cassés, Trudon réfléchissait. Il était bien bête. Pour le plaisir que Mme Duhamain lui avait procuré ! Elle pouvait bien payer sa part, puisqu'elle le voulait. Toutefois, il hésitait, maintenu par des traditions impérieuses et ces préjugés de convenance qui commandent aux hommes de toujours payer quand il y a des femmes.

— Laissez, dit Mme Duhamain, c'est bon comme ça.

En haut, la dernière boutonnière bâillait sur le bras trop gros et rougi par l'effort.

Trudon remarqua que ce coin de nudité ne l'excitait en aucune manière. Même il lui croyait les bras mieux faits.

Mme Duhamain se préparait à descendre.

— Vous savez, je vais payer en bas.

— A votre aise, mais on ne vous laissera pas faire.

— Nous verrons bien.

— Oh ! j'ai un compte ici, riposta Trudon, tout en regardant sa joue dans la glace.

Mme Duhamain était disparue. D'une main elle relevait sa robe, de l'autre, dans sa poche, elle cherchait sincèrement son porte-monnaie, où le matin, par prévision des aventures, elle avait inséré quarante francs, en deux pièces d'or, produit des économies réalisées en cachette de son mari, bénéfice personnel fait sur les dépenses communes du ménage, et qu'elle appelait de ce nom enfantin : ma bourse.

Mais pendant la descente de vingt marches de l'escalier, elle réfléchit. Pourquoi s'acharnait-elle à vouloir payer la dépense ? Ce serait ridicule, on se moquerait d'elle. Est-ce que ces choses-là regardaient jamais les femmes ? Si encore elle s'était amusée.

Ah ! non, par exemple, ce serait trop bête.
Elle sourit un peu au souvenir des saltim-
banques qui, dans les fêtes publiques, annon-
çaient « qu'on payait seulement en sortant
si l'on était content ». Eh bien, elle n'était
pas contente, elle s'en allait et ne débourse-
rait pas un sou, voilà. Pourtant, elle s'approcha de la dame du comptoir, et lui parla tout
bas, à l'oreille.

— Mais comment donc, madame.

Et déposant sa broderie sur une chaise :

— Par ici, venez avec moi.

Toutes deux s'enfoncèrent dans un corridor.

— Ah ! celui-là, si vous le faites, à moi la
peur, cria Trudon, du milieu de l'escalier, au
père Chamblé qui accumulait les difficultés
et cherchait encore des effets nouveaux.

Les billes coururent, le carambolage était
manqué.

—Qu'est-ce ce que je vous avais dit, reprit Trudon d'un air triomphant. Et lui prenant la queue des mains :

— Tenez, la bille en tête un peu à droite, sur la rouge, demi pleine, à gauche, avec beaucoup d'effet.

Il assura sa main : un coup sec fut entendu comme le bruit d'une baguette qu'on brise : il avait fait fausse queue.

— Hein, malin, ricana le père Chamblé. Puis, d'un ton familier, il demanda à Trudon si c'était son habitude, et si, là-haut, aussi, dans le cabinet particulier, il avait manqué de touche.

L'autre très vexé ne releva rien de cette allusion obscène : il s'épuisait en excuses, accusait tour à tour le procédé qui se décollait, la mauvaise qualité du blanc. On lui avait gâté sa queue, sans ça....

—Ce ne serait pas arrivé, n'est-ce pas ? riposta le limonadier continuant à mettre des sous-entendus polissons dans les termes les plus naturels.

— Et puis je ne suis pas disposé.

— Qu'est-ce que vous voulez, on ne peut pas être et avoir été.

— Farceur, dit Trudon.

— Farceur, répéta le père Chamblé.

Et ils se tapaient sur le ventre, l'un après l'autre.

Mais Trudon s'inquiétait, il regardait autour de lui, d'une façon anxieuse.

— Où donc était .....

— Vous demandez la particulière dit Massucot lequel, remonté du cellier en compagnie du chat, tirait d'un panier des bouteilles qu'il déposait sur la table, une à une, m'est avis qu'elle est partie pisser.

Le restaurant partageait cette manière de voir.

Trudon ne répliqua pas. Il était indigné.
Il ne pardonnait pas aux femmes de satisfaire publiquement des besoins qu'il considérait comme vulgaires et tout à fait destruc-
tifs de l'amour, car il mettait des degrés dans
la physiologie, et des hiérarchies dans les
fonctions animales. Certaines évacuations
lui apparaissaient comme nobles et supérieu-
res, excitant à l'idéal et poussant aux grandes
actions : celles-là, il les recherchait, emplo-
yant à les provoquer une grande dépense de
temps, d'astuce et de santé, cependant que
d'autres, non moins fétides lui semblaient re-
poussantes, honteuses même, de sorte qu'en
ce moment Mme Duhamain diminuait dans ses
respects et décroissait encore dans ses désirs,
comme si toutes les grâces de sa personne
eussent été emportées d'un seul coup, au milieu
de l'ammoniaque de cet écoulement naturel.

Toutefois, le respect l'abandonnant, il se félicita :

— Eh bien, puisqu'il en était ainsi, tant mieux : il allait en faire autant.

— Vous mettrez ça sur mon compte, dit-il au père Chamblé, et d'un geste large, il lui indiqua le cabinet particulier, signifiant par là qu'il solderait toutes les dépenses de la journée. Puis, lui aussi, suivit dans un couloir l'indication d'une main peinte sur le mur, l'index tendu, et marchant jusqu'à une porte sur laquelle on lisait : c'est ici, en lettres inégales, il entra.

Quand il revint, le vernis de ses souliers éclaboussé de gouttelettes minuscules, le père Chamblé avait quitté le billard, et, penché sur son grand livre, écrivait.

— Combien ça fait-il ?

L'industriel donna le total.

— Très bien, il réglerait à la fin du mois.

Mais l'autre ne se disait pas inquiet, et par
flatterie, il souhaita n'avoir jamais que des
clients comme Trudon.

Par désœuvrement, avec la main, il faisait manœuvrer les billes sur le tapis : il
allait entreprendre des acrobaties, au moyen
de deux queues placées parallèlement, quand
Mme Duhamain enfin, parut.

— Eh bien, nous y sommes ?

Il répéta :

— Nous y sommes.

Le personnel de l'établissement se leva,
fit un salut : Massucot même se dérangeant,
ouvrit la porte, et le fiacre fut aperçu. dehors.
La pluie le battait d'un ruissellement continu et les roues disparaissaient jusqu'au
tiers dans l'eau du ruisseau grossi.

— Où allons-nous bourgeois ?

— A Charenton.

Le cocher maugréa. Il n'avait pas imaginé

que, de Bercy, on pût se rendre ailleurs qu'à
Paris, et, par précaution, avait placé son
cheval le nez du côté de Notre-Dame. Il entreprit de le retourner, ce fut une aventure.

Sur le seuil de la porte, Trudon et Mme Duhamain éclaboussés par l'averse, durent attendre.

— Dépêchez-vous donc, il fait un temps de
chien.

En effet, le chapeau de Trudon manquait
de s'envoler et il y avait de l'eau dans le ca-
lice des fleurs artificielles surmontant la coiffure de Mme Duhamain.

— Eh bien alors, montez, dit le cocher, je
vais m'arranger.

Mais gonflé par l'humidité, le bois de la
cariole avait joué, sans doute : la portière
résista et Trudon, couvrant son chapeau avec
son mouchoir, passa derrière le fiacre, essayant d'ouvrir celle qui était de l'autre côté.

— Ça s'ouvre, pourtant, prétendait le cocher, en sautant à bas de son siège.

— Tenez : il ne faut pas brusquer, par exemple.

Trudon était déjà installé : Mme Duhamain monta et prit place à sa droite.

— Où faudra-t-il vous arrêter.

— Allez toujours, on vous le dira.

Le cocher cligna de l'œil. Il croyait comprendre. Alors, grimpant sur le siège il prit les guides en main. La mèche de son fouet claqua dans l'air mou, et le fiacre emportant la lueur jaune de ses deux lanternes allumées, dans la nuit pluvieuse, se mit en branle.

CINQUIÈME PARTIE

Il alla le fiacre à galerie dont les ressorts faussés criaient sous vingt-cinq ans
de noces transportées, de bagages et d'a-
mours, le long du quai, péniblement. Il
alla cahotant dans une succession de flaques
d'eau où les réverbères reflétés mettaient de
tremblantes moires de lumière, et, suivant
la chaussée aussi humide qu'un fleuve, tour
à tour, il dépassa le restaurant du Sapeur,
le rocher de Cancale, la cour Boutet de l'Isle
avec sa maison en retrait derrière une grille
et ses grands arbres dont la silhouette con-

fuse se mêlait à la nuit. Il dépassa l'impri-
merie Grandrémy où l'on accède par des
marches escarpées, la cour Valentin, plus
loin, à droite, en face de la rue Gallois, le poste
devant lequel un garde de Paris, toujours en
faction, se promène, et la cloche, échafaudée
sur de hauts madriers qui, à des intervalles
déterminés, ébranlant le tertre où elle se
dresse, sonne l'heure du travail aux ouvriers
du port.

Dans la voiture, Trudon et Mme Duhamain
gardaient le silence.

Ils défilèrent ensuite devant la grille du
commissariat de la navigation, celle de la
cour du Petit-Château, puis devant le restaurant Julien où le mercredi soir, l'été, des
canotiers qu'on ne voit pas, à cause des treil-
lages, dansent au son d'une musique de cuivre
entendue par-dessus le cliquetis des verres,
les obscènes propos et les rires stridents des

femmes en bêtise. Ces jours-là, Mme Duhamain, par essai de distraction venait aux
alentours, avec son mari. A son bras, elle se
promenait de long en large coudoyée par les
concierges, bousculée par les jeux des galo-
pins, maugréant contre les omnibus dont le
tapage couvrait parfois la mélodie délicate
perlée par les solistes. Toujours elle avait
l'ambition d'écouter le dernier morceau. C'é-
tait d'ordinaire le plus beau, croyait-on. Mais
la fatigue la prenait : courbaturée par les
gaîtés même qui s'agitaient derrière les volets, elle s'adossait contre leur soubassement
de briques, et, silencieuse, elle rêvait. A
onze heures, avec lanternes et musiques,
les équipes repartaient mettant sous les
étoiles le féerique mouvement d'une fête vénitienne. En cet endroit elle avait goûté ses
premières imaginations perverses. Là, elle
s'était abandonnée à maints désirs d'impos-

sible, alors qu'elle souhaitait sérieusement
d'être emportée bien loin, dans les bras d'un
amant, au milieu des fanfares. Et tout cela
aboutissait maintenant à cette berge déserte,
au-delà de laquelle, la Seine, d'un pont à l'autre coulait, monotone et grise, comme sa vie,

De l'humidité montait du sol trempé, tra-
versait le paillasson jeté sur le plancher dis-
joint, et, pour combattre le froid, Mme Duhamain, d'un mouvement continu, remua
ses pieds, sous l'étoffe de ses bottines.

Trudon s'oubliait, perdu dans des évocations. Il avait bu des tassées et mangé des
entrecôtes dans tous ces magasins. Il en
connaissait les propriétaires, les premiers
garçons. Avec eux, il jouait quotidiennement
des consommations et discutait des prix dans
tous les cafés en bordure. Devant certains,
il songeait à des détails, se rappelait des raies
peintes le long d'un mur pour indiquer la

hauteur jusqu'à laquelle les eaux étaient
montées lors de la dernière inondation, une
bonne affaire qu'il avait conclue, un heureux
coup d'écarté, une discussion à propos d'un
accroc fait au tapis du billard, et aussi les
adultères, présumés, de la dame du comptoir.

La rue Soulages où se remisent les omnibus, la cour Beaudoin, toute en ombre derrière son porche surbaissé, la maison Binet
fournisseuse de bâches, successivement apparurent et s'effacèrent. A des lumières, Trudon
reconnut la rue d'Orléans. Puis, ce furent la
cour Cabanis, et l'enclos du Mâconnais.
Les noms à mesure lui revenaient, et rame-
naient dans son esprit des idées de trafics, des
préoccupations commerciales. Du milieu de
l'heure avancée le lundi se levait, et la fin de
ce dimanche fatigué, avait déjà pour lui quelque chose des laborieuses lassitudes de la
semaine. Il pensait à des comptabilités, à

des endossements de billets, à des accepta-
tions de traites : on lui avait indiqué une
forte commission, peut-être pourrait-il arriver à temps et la prendre, là, chez Mathieu
et Cie, le négociant en vins et spiritueux dont
il distinguait maintenant les magasins éta-
blis dans les hauts rez-de-chaussée d'une
maison de plaisance du XVIIIe siècle, au
coin de la rue Nicolaï.

Le fiacre roulait. A sa droite, Mme Duhamain remarqua des arbres. Ils se dressaient
au-dessus d'une baraque. Derrière, la Seine
coulait avec cette lumière de crépuscule
que prennent les eaux, dans les ténèbres. Où
donc était-elle? Elle voulut se rendre compte.
Alors, se retournant, elle souleva la patte
de drap qui recouvrait l'œil-de-bœuf vitré
pratiqué dans le panneau postérieur du fiacre, et elle regarda.

Le quai, avec ses becs de gaz, dessinait au

milieu de la nuit une immense courbe de lumières. Au loin, un omnibus mettait le rouge fuyant de la lanterne placée, à l'arrière, à côté du conducteur. De passants, point. La pluie, avec un bruit monotone, rebondissait sans discontinuer sur la toiture du fiacre. M^mo Duhamain l'écoutait tomber. Bientôt, par-dessus le ruissellement de l'eau, des sonneries furent entendues, distinctement, très loin. C'étaient les cloches de Saint-Sulpice. Un instant, passant par le trou du petit carreau cassé, elles emplirent la voiture des derniers carillons d'un dimanche de *Lætare*. Peu à peu le son s'atténua, décrut : il y eut un tintement étouffé, encore. Mme Duhamain prêta l'oreille ; le fiacre tumultueusement roula sous l'arche charretière du Pont-National. Soudain il se ralentit, puis, après avoir traversé une nappe de clarté, la marche reprit plus rapide sur un chemin

plus noir. Au travers de l'humide store de
buée que la chaleur commençait à tendre sur
les glaces des vasistas, Mme Duhamain devina les fortifications : on venait de passer la
barrière. Maintenant les cloches se taisaient
sous le ciel tout en pluie. Mais dans le tapage
continu des roues, dans la vibration des
carreaux mal assujettis par le mastic écaillé
des châssis, Mme Duhamain trouvait encore
des musiques. Insensiblement, des rythmes
incertains finissaient par se dessiner d'une
façon précise ; des mélodies barbares se
transformaient, aboutissaient à des refrains
connus. Des airs qu'elle avait entendus par
rencontre et dont elle ne croyait pas avoir
gardé mémoire se mêlaient peu à peu au
souvenir fuyant du tintement des cloches, et
dans cette symphonie aux mille sujets que
développait le mouvement du fiacre, ce mo-
tif-là dominait obstinément tous les autres,

ce motif de valse alanguie que jouaient les
pistons, quand palpitante de désir et sou-
haitant les surprises de l'inconnu avec les
idéales initiations de l'adultère, elle s'abandonnait dans les bras de Trudon qui l'em-
brassait enfin sur l'épaule au milieu des
gaîtés du *Salon des Familles*. Il n'y avait que
trois jours, et par un de ces brusques reculs
de perspective que l'ennui donne aux idées,
elle arrivait à croire que ces choses étaient
arrivées il y avait bien longtemps, dans un
passé très lointain. Comme, à cette distance,
ses aspirations lui semblaient médiocres !
Comme elle se trouvait sotte, comme elle se
trouvait bête ! et la déconsidération même
qu'elle éprouvait pour son intelligence lui
paraissait ajouter une mélancolie plus grande
à la mélancolie de la nuit pluvieuse, et com-
pliquer encore la désolation naturelle du
paysage.

Autour du fiacre, des terrains vagues s'é-
tendaient. Çà et là, un poteau se dressait portant la tache blanche d'un écriteau qui demandait des locataires, précisait des super-
ficies, indiquait des adresses d'avoués. Une
maison bourgeoise s'élevait ensuite, toute
seule. Des cariatides se tordaient sous des
balcons derrière lesquels s'allumaient des
fenêtres, puis, des portes à claire-voie s'ouvraient sur des chantiers ou conduisaient à
des constructions inachevées, qui, de loin,
ressemblaient à des ruines. Des arbres, dont
Mme Duhamain ne voyait que les troncs, tour
à tour paraissaient et disparaissaient. Elle
essayait de les compter. Mais un son de corne
retentissait par intervalles, et un bateau-
mouche passait sur la Seine, traînant derrière lui, dans les remous de son hélice,
le reflet allongé de ses deux fanaux rouges. Ce spectacle l'absorbait, et le défilé

des arbres continuant, toujours elle recommençait son calcul, sans jamais arriver à un résultat.

Sur le trottoir qui dominait la berge, hâtant le pas sous leurs cabans ou se pressant sous leurs parapluies, promeneurs attardés rejetés des omnibus trop pleins, ou mariniers regagnant leurs bateaux au garage, des gens passaient. Autour de leurs silhouettes inoffensives, Mme Duhamain évoquait les crimes racontés par les journaux, les attaques à main armée, toutes les atrocités qui se dissimulent dans l'ombre et que dévoilent les cours d'assises. Sans doute, ils allaient s'embusquer pour commettre quelque mauvais coup, et elle frissonna, prise de l'horreur irréfléchie et de l'oppression involontaire que les abandonnés ressentent au milieu des endroits déserts, dont la tranquillité même leur semble pleine de menace.

Alors, pour la première fois depuis leur montée en voiture, Trudon parla :

— Ainsi, dit-il, nous allons nous quitter ?

Le son de sa voix procura un soulagement à Mme Duhamain. Quelqu'un était près d'elle, elle n'avait plus peur. Cependant, elle ne répondit pas. Ce mot « quitter » éveillait dans son cœur des tristesses illimitées. Par cela même qu'elle allait finir, cette désillusionnante journée prenait soudainement pour elle un intérêt imprévu. Sans qu'elle le voulût, par un de ces entraînements inexplicables, et une de ces ruptures d'énergie qui résultent des grandes lassitudes, elle se sentait maintenant pour Trudon elle ne savait quelle inerte sympathie. Elle ne souhaitait plus qu'il s'en allât. Certes, elle ne l'aimait pas, elle persistait à le trouver sot, stupide, insupportable, l'idée qu'elle aurait pu devenir sa maîtresse lui semblait exorbitante ; pourtant, la présence de cet être indifférent ne laissait pas de la satisfaire, et elle en jouissait, malgré elle.

Elle éprouvait pour lui cette tendresse irraisonnée qu'on a pour les choses insigni - fiantes. Jeune fille, il lui souvenait d'avoir beaucoup pleuré quand un caprice de la directrice de pension changeait sa place à l'étude ou son lit au dortoir. Elle répugnait à quitter ses vieux livres pour se servir de livres neufs. Plus tard, devenue femme , dans son ménage, par un culte des ancien- netés et une habitude de ne pouvoir se sépa- rer des objets familiers de sa main ou de son regard, elle gardait, longuement dans une malle, au grenier, les vieux chapeaux rem- placés, les vieux rideaux, les vieilles robes et jusqu'aux vieilles toiles cirées, comme si tout cela, par le frottement quotidien et l'u- sage journalier, avait emporté quelque chose

de sa personne et quelque tendresse de son
cœur. Parfois même, cet intime besoin d'aimer, contenu par la pédante raideur de
M. Duhamain, débordait sans qu'elle en
eût conscience, s'étendait jusqu'à des incon-
nus, et les circonstances les plus banales
suffisaient pour en provoquer le douloureux
épanchement.

Un jour, dans la maison, en face de ses fenêtres, au même étage, elle avait subitement
remarqué que les persiennes étaient fermées.
Les gens qui habitaient là, elle ne les connaissait pas, jamais elle ne leur avait adressé la
parole, mais une habitude lui était venue de
voir toujours à la même heure les mêmes
tapis au balcon, d'entendre les cris des
mêmes enfants, la même valse tapée sur le
piano. Elle s'enquit. La concierge, consul-
tée au moment où elle achetait des carot-
tes, sur le marché, donna des détails. Oui,

tout le monde était parti à l'étranger, croyait-elle, un pays qui portait un nom à coucher dehors. Elle ne s'en rappelait plus, bien qu'elle affirmât l'avoir sur le bout de la langue. Du reste, elle le possédait, chez elle, par écrit.

— Ainsi ils ne reviendront plus, avait demandé Mᵐᵉ Duhamain.

— Non, ils ne reviendront plus.

Une mélancolie l'avait saisie qui avait duré une semaine. Ces fenêtres closes, là, devant elle, lui semblaient rapetisser son horizon, raccourcir sa vie, et elle avait pleuré toute seule, longtemps, affligée par cet incident sans importance comme par un irréparable malheur.

Aujourd'hui du moins, par sa présence même, Trudon lui laissait encore un restant d'espérance. Tout n'était pas définitivement fini, puisque, bête et mal appris il demeurait

auprès d'elle. L'idéal amour qu'elle avait
tenté d'atteindre lui paraissait moins lointain, et elle le distinguait encore à travers
l'épaisse sottise de l'individu, à peu près
comme elle distinguait des lumières, là-bas,
à travers le brouillard. Du reste, maintenant
qu'elle n'avait pas cédé, maintenant qu'elle
se jugeait sûre de ne pas faillir, elle s'abandonnait volontiers à la joie de goûter le mal
sans risquer de jamais le commettre. Une
enfantine satisfaction la prenait, elle se délectait à se promener ainsi, clandestinement,
avec un homme qui n'était pas son mari.
Elle s'installait dans sa béatitude, s'allongeait
un peu sur le coussin, étendant les jambes,
remontant le torse, et, les seins sous le menton, dans cette attitude favorite des femmes
qui semble leur rendre le véhicule plus doux
et la locomotion voluptueuse, elle se taisait.
Mais ce mot « quitter » résonnant toujours

à ses oreilles la troublait désagréablement
sans qu'elle arrivât à démêler au juste
quelle appréhension lui était la plus douloureuse, celle de voir finir l'escapade senti-
mentale qu'elle avait souhaitée, ou celle de
voir interrompre le bien-être physique qu'elle
commençait à savourer.

Le fiacre continuait sa course, mollement.
Le cocher laissait aller le cheval à son gré,
et bercé par la mélodie vague que chante le
vent engouffré dans l'étui du fouet, il regardait autour de lui, de l'air contemplatif
d'un homme qui se promène pour son compte. De temps en temps, la bête point soute-
nue, buttait. Alors, machinalement, les guides se tendaient, la mèche du fouet frappait
sur le caparaçon de cuir dégouttant d'eau,
un cahot secouait l'équipage jusqu'à la cour-

roie de sa galerie, et l'allure reprenait, régulière, appropriée. L'homme savait les lenteurs
nécesaires aux couples véhiculés la nuit sur
ses banquettes, et le long du quai des Carrières il donnait à Trudon et à Mme Duhamain
cette tranquille vitesse qu'il savait propre à
faciliter les idylles et à disposer aux pour-
boires. Il s'étonnait, cependant. Quelle drôle
d'idée de monter en fiacre pour s'embrasser.
Lui, n'aimerait pas ça. Il jugeait l'invention
défectueuse, les lits de chambres d'hôtel,
préférables, et mentalement il déversait un
peu de mépris sur ces amants si peu sou
cieux de prendre leurs aises pour mieux assurer la satisfaction de leur chair. En définitive, chacun pour soi, n'est-ce pas ! Des
goûts et des couleurs, il ne faut pas disputer.
S'il n'aimait pas ça, ce n'était pas une raison
pour en dégoûter les autres.

Un omnibus passa. Alors par manière de

facétie, ou simplement besoin naturel de communiquer ses intimes réflexions, au milieu de l'ombre, il chercha le cocher son collègue, et d'un geste du bras et du fouet lui désigna sa voiture.

— Il s'en passait de belles derrière lui.

Mais l'autre ne répondit pas, n'ayant rien compris à la finesse, ou peut-être rien vu, à cause de la nuit.

Soudain, le fiacre tout entier s'enveloppa d'une grande lueur. Les forges d'Ivry, de l'autre côté de l'eau, flambaient de tous leurs fourneaux, s'allumaient de toutes leurs fenêtres, et la clarté, traversant la Seine, sur la colline en face, illuminait les maisons d'un reflet d'incendie.

Le cocher reconnut Conflans, le couvent du Sacré-Cœur, les propriétés religieuses.

— Merci, il y en avait des archevêques qui

avaient fichu des balthazars là-dedans, au temps jadis. Les journaux renseignaient joliment là-dessus. Puis se retournant et parlant à travers les carreaux.

— Où faudra-t-il vous arrêter?

— A Charenton, près de la gare.

— Hein? vous dites?

Trudon répéta son ordre, tout en s'étonnant de la tristesse qui l'envahissait. Derrière les mots qu'il venait de prononcer, il entrevit lui aussi la fin de son aventure, et il en vint à souhaiter que la route demesurément allongée sous les pas du cheval se reculât sans cesse vers un horizon qu'on n'atteindrait jamais. Lui aussi, jouissait de la présence indifférente de Mme Duhamain. Il retrouvait là les délices de cette sensation éprouvée un soir qu'il pleuvait aussi, à côté d'une petite Anglaise qu'une maison amie l'avait chargé de reconduire dans un pensionnat situé au

delà de la barrière, à Pantin. Ainsi que Mme
Duhamain, un peu craintive du monsieur,
elle avait pelotonné dans un coin du fiacre
sa petite personne maussade et toute blonde,
et Trudon, saisi d'un de ces accès de senti-
mentalisme aigu, abîmé dans une de ces adorations immatérielles imprévues et fréquentes chez les hommes à femmes, n'avait rien
osé entreprendre sur elle. Pris de respect,
il avait su maintenir ses mains, et taire ses
bavardages. Il avait cru lui entendre dire
qu'une fois par semaine elle allait au temple
protestant de l'Oratoire, toute seule, et dans
les semaines qui suivirent il y était allé, lui
aussi. Il avait subi des instructions, écouté
des psaumes, assisté même à des mariages,
désespéré toujours de ne pas voir apparaître
au milieu de la foule des fidèles ou de la bande
des invités, la jeune fille à la taille mince
serrée par un large ruban, tressaillant dans

la rue, à la sortie, lorsque des cheveux blonds passaient échappés de dessous un chapeau qui ressemblait au sien.

Ainsi, tous les deux, Trudon et Mme Duhamain, éloignés l'un de l'autre par la réalité, se réjoignaient dans une même dilatation de tout leur individu, dans une même aspiration vers des tendresses inaccessibles, et ce mot « quitter » leur semblait douloureux non pas tant que parce qu'il allait séparer leurs personnes que parce qu'il allait mettre un terme à leurs rêves.

Pourtant Trudon dit à nouveau :

— Ainsi nous allons nous quitter ?

Mme Duhamain répéta :

— Oui, nous allons nous quitter.

Il questionna :

— Pourquoi ?

— Il le faut, mon ami, ce sera plus raisonnable.

Alors, comme le matin, Trudon demanda :

— Pourquoi êtes-vous venue, si c'était pour vous en aller.

Elle répéta comme le matin :

— Je n'aurais pas voulu vous faire attendre pour rien, et puis je tenais à vous dire de ne plus penser à moi.

Ils se turent tout étonnés d'eux-mêmes, stupéfaits du retentissement que leurs paroles produisaient dans le vide de leurs cœurs.

La forge d'Ivry flambait plus furieusement, empourprait le ciel d'une lueur d'aurore boréale si intense que Trudon et Mme Duhamain se voyaient, dans le fiacre, comme en plein jour. Une enclume frappée par un marteau résonnait argentine et claire comme un carillon. On allait tirer les pièces du feu, sans doute.

Alors, haussant un peu la voix pour dominer le tapage, Mme Duhamain continua :

— Pourtant, j'aurais mieux fait de ne pas vous écouter.

— Croyez-vous ? dit Trudon.

— Oh ! vous avez beau dire. C'est tout de même mal ce que nous avons fait là, très mal. Je suis sûre qu'au fond, vous me donnez tort.

Il remuait la tête en signe de négation, elle ajouta :

— Vous ne parlez pas, je veux que vous me parliez. Répondez-moi, dites, à quoi pensez-vous ?

— A vous, répliqua Trudon.

Afors, au milieu de la clarté qui les inondait, elle le regarda dans les yeux fixement, comme pour y découvrir l'assurance qu'il ne la trompait pas. Mais il avait l'habitude de ces examens : ses yeux ne trahissaient rien de ses secrètes pensées, et, déconcertée, Mme Duhamain reprit :

— C'est bien vrai ce mensonge-là ?

Trudon se récria. Elle doutait ! Il fit des évocations. Elle ne se rappelait donc pas, la première fois qu'il l'avait rencontrée....

— C'était dans l'escalier....

— Même je vous ai tendu la main.

— Oui, pour monter. J'étais si essoufflée.

Leurs mémoires se complétaient l'une par l'autre, la phrase que l'un commençait, l'autre l'achevait et ils s'animaient dans l'échange de leurs propos à peu près comme ces morceaux de bois sec qui s'échauffent l'un contre l'autre, par le frottement.

— Puis, reprenait Trudon, vous êtes venue chez moi.

— Oui, le jour de l'eau sale.

— Le jour de l'eau sale.

Des attendrissements leur venaient pour ces choses passées, et l'ennui de la journée s'en allait, oublié et comme dissous parmi

la douceur de leurs souvenirs. Tendrement,
ils s'épanchèrent. Ensuite ce fut le bal, elle
perdait son soulier, ils avaient valsé ensemble : plus tard, au petit jour, il lui avouait sa
passion. Et d'un ton de voix insinuant et
tendre, comme jadis :

— Il y avait longtemps que je vous aimais,
mais je n'avais pas osé vous le dire. Vous
vous en étiez bien aperçue ?

— Oh ! vous en auriez rencontré une autre, ç'eut été la même chose.

Derrière eux, l'usine emplissait l'horizon
d'un martèlement formidable, et le bruit
était si fort que Trudon, pour se faire entendre, dut enfler la voix.

— Non, non, jamais il n'avait aimé personne comme il l'avait aimée.

— Jamais ?

Il affirma plus haut :

— Jamais, jamais.

A la longue, il s'exalta. Bien qu'il n'espé-
rât plus rien de Mme Duhamain, il se montrait néanmoins désireux de la convaincre,
et l'intonation forte qu'il prenait pour dominer le tapage donnait tant d'autorité à ses
déclarations, que lui-même, ébranlé par ses
preuves, finissait par croire à ses mensonges.

Elle, l'écoutait, chatouillée dans sa vanité,
caressée dans sa chair. Elle jouissait éperdûment des hommages que Trudon, em-
ployant les mêmes expressions dont il s'était
servi, le soir du bal, croyait devoir rendre,
encore, aux provoquantes incorrections de
son corps de femme.

— Ainsi, reprit-elle, vous me trouvez bien
belle ?

Mais, brusquement, Trudon évita de répondre. Il venait de comprendre que sa grande
dépense de phraséologie galante et que son
grand débit de lieux communs émus, par

pentes insensibles, l'entraînaient au delà du raisonnable. Qui sait, un mot encore, encore un compliment, encore un madrigal, et peut-être Mme Duhamain allait-elle lui proposer de renouer ? Quel ennui ! mais comment refuser ? Leurs relations continueraient, et ce seraient à coup sûr de nouveaux rendez-vous, de nouvelles pudeurs, un recommencement de toutes les bégueuleries qu'il avait dû subir, d'autres journées se succéderaient toutes semblables à celle-ci qui se terminait, enfin ! Ah ! non, par exemple, il en avait assez.

Négligemment il frotta avec sa main la buée condensée sur le rideau : des maisons parurent confuses et brouillées.

— Tiens, les Carrières, dit-il.

Le fiacre marchait toujours. Les murailles, le long de la rue, étouffaient le retentissement de la forge lointaine.

— Ainsi, nous allons nous quitter, murmura Mme Duhamain.

Et l'autre d'un ton dégagé :

— Mon Dieu oui et nous ne nous verrons plus.

— Du reste, vous m'auriez oubliée comme les autres, je n'aurais pas été la première.

Trudon fit un geste de dénégation, et par politesse, lui représenta l'état de son âme comme tout à fait désolé.

— Allons, pourquoi me mentir ?

Mais Trudon frappant à la vitre :

— Là là, cria-t-il.

Le cocher rangea sa voiture. Ils étaient arrivés.

— Ah ! fit Mme Duhamain.

Elle descendit, et tandis que Trudon payait le fiacre, elle demeura sur le trottoir, retroussant ses jupons et regardant d'avance où elle allait mettre les pieds.

Il ne pleuvait plus. Des coups de vent balayant les nuages découvraient de larges pans du ciel tout miroitant d'étoiles. En face d'eux, au bout de la cour boueuse, sur le cadran lumineux de l'horloge de la gare, les aiguilles marquaient huit heures. Un train sifflait là-bas, dans l'ombre, du côté de Maisons-Alfort.

— Voulez-vous mon bras ? dit Trudon.

Elle refusa. Ils montèrent la rampe du chemin de fer. Mme Duhamain marchait sur la pointe de ses bottines, la première. Trudon que les élégances abandonnaient s'arrêta pour relever le bas de son pantalon. Il dut courir, afin de la rattraper. Elle se disposait à monter le perron de la station.

— Allons, je m'en vais, adieu, monsieur.

— Attendez donc, je vais vous prendre votre billet.

Mais elle s'obstina. Non, non, pour ça non,

elle ne voulait pas, et pour bien établir qu'il ne s'était rien passé entre elle et cet homme, elle exigea énergiquement qu'il la laissât payer sa place.

— Et paie donc si tu veux, mâtine, pensa Trudon, qui maintenant furieux de se voir définitivement lâché trouvait une vengeance dans cette économie.

On entendait au loin le grondement toujours rapproché d'un train en marche : un disque tourna, de rouge devint blanc.

— Mais dépêchez-vous, voici le convoi.

— Alors, adieu, dit-elle, et elle lui tendit la main.

Il sembla à Trudon qu'elle s'offrait. Fugitivement il eut l'idée de la tirer à lui et de l'embrasser n'importe où, sur le visage, au hasard. Il n'osa pas. Pourtant il ne pouvait se décider à lui lâcher les doigts. Puis quand elle disparut dans la gare, songeant, pour

la première fois, qu'il pouvait la compromettre, il ne la suivit pas, resta dans la cour,
au milieu de la nuit mouillée, et sans savoir
pourquoi, sans rien attendre, il allait et venait, en fumant. Soudain, pris du désir de
voir encore Mme Duhamain, il se haussa sur
la pointe des pieds et regarda dans la salle
d'attente. Elle était vide. Alors il prit le parti
de s'accouder sur la palissade, le long de la
voie.

Le train entrait en gare.

Il entendit appeler les voyageurs pour
Paris, le cri : Charenton, Charenton, plusieurs
fois répété le long des wagons, par les con-
ducteurs. Personne ne descendit. Il aperçut
une silhouette noire qu'un employé aidait à
monter dans un compartiment. C'était elle,
sans doute. Puis, il y eut un commandement :
En route, un coup de cloche, la réplique d'un
coup de sifflet, et le train, lentement ébranlé,

glissa doucement sur les rails, dans l'ombre.
Une à une les lanternes des voitures défilèrent, puis s'accélérant avec la vitesse lui
donnèrent l'illusion d'une rampe de théâtre
qu'on étirerait et qui s'allongerait démesu-
rément. Le train s'en allait, et Trudon ôta son
chapeau, au hasard, espérant que Mme Duhamain aurait trouvé une place dans un coin,
et qu'elle le verrait, peut-être.

Soudain, le ruban lumineux cassa net.
Alors Trudon, toujours appuyé sur la palissade, considéra longtemps la fuite des trois
lanternes rouges en triangle à l'arrière du
dernier wagon ; longtemps aussi Mme Duhamain, penchée à la portière, regarda la décrois-
sante étincelle du cigare de Trudon. Puis,
quand avec un roulement de tonnerre, le
train tout entier s'engouffrant sous la voûte
obscure d'un pont, ils ne virent plus rien ni
l'un ni l'autre, tous les deux, séparés, éprou-

vèrent en eux la sensation d'un vide immense,
la désolation d'une tristesse illimitée. Ils con-
nurent la mélancolie des choses finies, dont
la médiocrité même ne recommencera pas.
Ensemble, ils regrettèrent de n'avoir point
su mettre à profit l'occasion qui s'était offerte.
Trop préoccupés d'atteindre à l'idéal, peut-
être avaient-ils laissé échapper un bonheur
qu'aucune volonté et qu'aucune circonstance
ne leur ramènerait jamais. La sagesse, sans
doute, aurait consisté à ne point s'en défendre, et à en jouir désespérément, tel qu'il
se présentait, sans chercher de raffinement,
ni exiger trop de délicatesse. Et fatigués par
les efforts mêmes où ils s'étaient dépensés,
courbatus par l'excès de leurs désirs que ne
suivait aucune satisfaction, ils sentirent en
eux quelque chose de définitivement faussé,
constatèrent avec épouvante pour l'avenir,
une diminution des facultés de leur individu

et comme un irrémédiable amoindrissement
de leur cœur.

Et Trudon avant de s'en aller contempla
longuement la petite gare noyée d'eau, les
lumières du quai où une sonnerie électrique,
continuellement, tintait. Ensuite, il se décida
à monter l'escalier. Arrivé sur le pont qui
domine la voie, il s'arrêta, regardant encore.
Sous les becs de gaz baissés par économie,
les rails à perte de vue allongeaient leurs luisantes parallèles : aucun train n'était signalé.
Mᵐᵉ Duhamain lui sembla partie, là-bas, bien
loin, dans un inconnu ténébreux dont on ne
revenait pas. Il écouta. Des coups de vent
ébranlant les fils du télégraphe mettaient
sous le ciel noir un orchestre de plaintes. Il
se trouva tout seul. Le monde entier lui semblait inutile et lamentablement vide. Il pensa
à des parents qui étaient morts : toutes les
anciennes tristesses de sa vie, éveillées par les

tristesses présentes, se groupèrent dans son cerveau comme à un rendez-vous. Jamais départ de maîtresse par hasard regrettée, ne l'avait laissé aussi hésitant, aussi stupide, aussi abandonné.

Pourtant :

— Suis-je assez bête de rester là, à faire le poireau, se dit-il. Qu'est ce que j'attends ? Au bout du compte, quelle chipie que cette Mᵐᵉ Duhamain.

Pour se donner du cœur, le long de la rue sombre où il marchait en sifflant un pas redoublé, il essayâ de se persuader que « cette petite femme » avait un amant. Eh bien merci, elle devait lui en procurer de l'agrément à celui-là ? Certes oui, lui, Trudon, n'était pas seul à subir ses coquetteries avec les hypocrites défenses de sa pudeur !

Cette conviction le consola. Bientôt, sa bonne humeur naturelle dominant ses mélan-

colies, l'envie le prit de finir plus agréable-
ment la soirée. Alors, il retourna sur ses
pas, courut à la gare, prit un billet pour
Paris et monta en wagon bien décidé à aller
chercher dans un bal, salle Rivoli, au café de
l'Epoque ou à la Vacherie du Château d'Eau,
des amours plus faciles avec les satisfactions
immédiates que procure la matière.

Lorsque Mme Duhamain rentra chez elle,
M. Duhamain était revenu de Juvisy depuis
une heure. Accablé par cette fatigue molle et
dissolvante qui filtre dans les muscles avec
l'eau des longues journées de pluie, il s'était
mis au lit. Et là, sous les draps de toile fine
que la coquetterie laborieuse de Mme Duhamain avait brodés de capricieuses initiales
héraldiques, sur les oreillers que sa fantaisie
toujours en quête d'un prétexte pour s'épan-

cher avait élégamment ornés de dentelles, il attendait, lisant avec application le *XIX*ᵉ *Siècle*. Au-dessus de sa tête bien peignée pour la nuit, au milieu des rideaux de damas bleu sombre, un christ écartelait son cadavre de stéarine piètre. C'était une acquisition que M. Duhamain avait faite lui-même, en voltairien intimement respectueux des préjugés et des religions qu'il aime cependant à voir tourner en ridicule, chaque matin, dans son journal. Et sans doute, ce soir-là, les articles lui en paraissaient savoureux et décisifs plus qu'à l'ordinaire, car, répondant à peine au baiser de sa femme, il continua sa lecture.

Mᵐᵉ Duhamain ôta son chapeau. Elle était tout émue, son escapade la préoccupait comme un remords. Elle se sentit au cœur ce même serrement et cette même angoisse qu'elle avait éprouvés le matin, au moment

de partir pour son rendez-vous. A plusieurs
reprises elle se regarda dans la glace, cherchant si quelque chose de Trudon n'était pas
resté sur elle, et si, son visage revenu d'un
essai d'adultère n'aurait pas gardé quelque
expression involontairement passionnée qui
l'aurait pu trahir. Elle redoutait la perspi-
cacité de M. Duhamain. Maintes fois, devant
elle, il avait vanté ses propres finesses. A son
avis, le crime perpétré se lisait invariablement sur la physionomie : l'idée même du
mal à commettre se révélait chez le coupable,
dans ses yeux. Mme Duhamain examina les
siens : ils lui parurent cernés extraordinaire-
ment ; ses traits tirés par la fatigue l'épou-
vantèrent. Et elle marchait dans la chambre,
lente en son déshabillé, n'osant pas parler,
bouleversée qu'elle était par l'immobilité de
son mari, rendue muette par le silence. Évidemment, il devait avoir surpris ses manœu-

vres, deviné son aventure, surveillé son rendez-vous, et là, étendu, tranquille en apparence, sans doute il ruminait des impréca-
tions, rassemblait des preuves, préparait des
vengeances. Quelles explications fournirait-
elle ? Quelles excuses ? Où trouver des mensonges d'accent assez sincère pour troubler
sa certitude et retarder le châtiment ?

Le papier du journal de temps en temps
retourné se froissait avec un léger bruit qui
l'emplissait de terreur : elle croyait y démêler des menaces. Cependant M. Duhamain
se taisait toujours, allant d'un article à l'autre, en homme que rien ne choque et qui
rencontre dans sa lecture l'expression continue de sa propre pensée.

Peu à peu, Mme Duhamain finit par se convaincre que, si son mari ne disait rien, c'é-
tait peut-être qu'il n'avait rien à dire. Elle
rappela ses souvenirs. Elle le revit violent

parfois avec la femme de ménage, malhabile d'ordinaire à cacher une contrariété et à dissimuler une colère. Les altercations éclataient furieuses, dans son cabinet, les jours où il avait à se plaindre des entrepreneurs. Jamais il ne prenait de mitaines, et, rassurée, elle accrochait sa confection au fond d'un placard qu'elle s'était réservé pour son usage personnel, quand M. Duhamain ayant terminé son feuilleton, parla :

— Et Caroline Lamblin, comment se portait-elle ?

Mᵐᵉ Duhamain tressaillit. Ce nom de Caroline subitement prononcé, l'étonnait comme le nom d'une personne inconnue. Elle faillit répondre : mais je ne sais pas, pourquoi me demandes-tu ça. Elle se ravisa, bientôt. C'était chez Caroline qu'elle avait prétexté une visite, une invitation à dîner même, afin d'être libre ce dimanche-là, toute la journée, et pour se donner le temps de s'établir solidement dans son mensonge, d'un ton très naturel, elle riposta par une série d'interrogations.

— Caroline? mais elle allait très bien, Caroline.

— Et son pensionnat ?

— Son pensionnat ? Mais il allait très bien aussi, son pensionnat.

M. Duhamain exprima toute sa satisfaction. Tant mieux si les affaires étaient « en bon allage ». Il y avait des gens qui méritaient de réussir. Caroline lui semblait de celles-là. Il la jugeait travailleuse, honnête : un vrai cœur d'or dans un corps de fer.

— Oh ! elle s'en donne, va, du mal, s'empressa d'ajouter Mme Duhamain, et ce qu'elle est peu récompensée.

Elle s'exaltait, et prise du besoin de fournir des détails pour faire croire à la réalité de sa journée entière passée aux Batignolles, elle inventa une famille anglaise, laquelle d'abord très contente de Melle Lamblin et de son enseignement, avait néanmoins fini par lui retirer ses trois filles.

— On n'est pas louis d'or, on ne plaît pas à tout le monde, objecta gravement M. Duhamain.

— Bien sûr.

Suivirent d'autres considérations. Il fut question de la raideur impolie des inspecteurs, de l'excellent aménagement des classes, de la difficulté avec laquelle on se faisait payer, dans les familles. A la longue, Mme Duhamain craignant sans doute que Caroline, sans le vouloir, ne démentît ses affirmations un soir qu'elle viendrait dîner, selon sa coutume, elle décida intimement qu'on ne l'inviterait plus. Pas de si tôt, au moins. Alors, préoccupée de dérouter les objections qu'elle imaginait, elle s'ingénia à ménager des transitions.

— Cette brave fille. Le soin de sa maison lui laissait maintenant bien peu de temps à elle.

— On n'est pas toujours son maître, affirma M. Duhamain.

— Ils devraient peut-être renoncer à la voir aussi souvent que par le passé.

Il approuva :

— Contre la nécessité, il n'y avait pas de loi. Du reste, certains métiers lui semblaient particulièrement assujettissants. Puis :

— Tu ne te couches pas, Ernestine ?

Et sans rien demander davantage, avec une imperturbable sérénité, il reprit la lecture de son journal.

Ainsi, il ne soupçonnait rien, il ne cherchait pas à deviner, il se contentait des affirmations ! Toutes le satisfaisaient, et il n'ima-

ginait rien au delà ! Soudainement Mᵐᵉ Duhamain découvrit dans sa tentative du
matin des profondeurs nouvelles d'inutilité
et de sottise. La facilité avec laquelle elle
avait pu exécuter sa tentative vers l'idéal lui
semblait aggraver encore la déplorable médiocrité du résultat. Quel mérite de réussir à
tromper cet homme d'une intelligence tellement paisible qu'il ne se défiait même pas !
Au moins lui n'était pas tourmenté par ces
aspirations de connaître qui troublent le
repos et, à travers toutes les transes, mè-
nent à tous les ennuis. Lui, toute la journée,
avait bien simplement vaqué à ses affaires,
sans un regret, sans un malaise, débarrassé
de soucis, exempt de remords, tandis que,
elle, dépensée en fourberies et en stratagè-
mes pour arriver à la monstrueuse réalisation de son rêve, s'était volontairement dé-
considérée auprès des garçons du restau-

rant, auprès du patron, auprès de la dame du comptoir. Certainement le cocher de fiacre, à l'heure qu'il était, la méprisait en même temps que Trudon ; à ses propres yeux, elle demeurait avilie, et son mari lui apparut comme supérieur et respectable, uniquement parce qu'il n'avait pensé à rien.

Des attendrissements la prenaient, mêlés à des regrets qu'elle ne se sentait pas le courage d'exprimer. Elle se hâta d'ôter la robe de grande cérémonie revêtue délicieusement le matin alors qu'elle peinait à se faire belle pour l'infamie et désirable pour le rendez-vous, puis elle la jeta sur un fauteuil avec un air dégoûté, comme si avec cette étoffe tombée elle arrachait définitivement de son corps tous les désirs criminels avec toutes les ambitions d'adultère.

Puis, en peignoir, compatissante, et d'une voix douce :

— Et toi, tu ne m'as pas dit, ça c'est bien passé, à Juvisy, tes affaires ?

M. Duhamain sans lâcher son journal ne dédaigna pas de fournir des explications. La maison était en voie d'achèvement, on pourrait s'y installer au mois de septembre. Mais des difficultés avaient surgi, le propriétaire prétendait ne pas couper les arbres du jardin, une ancienne futaie, laquelle masquait en partie la façade. Si on ne devait pas en jouir, à quoi aurait servi d'en soigner si amoureusement les détails architecturaux ! A la longue, son opinion à lui, Duhamain, avait fini par prévaloir. Décidément on sacrifierait toute la partie boisée qui gênait, sauf à réserver quelques petits massifs, à droite et à gauche, en manière d'encadrement. Maintenant, c'était convenu, et la maison avec ses angles taillés en rocaille et ses moulures élégamment profilées, avec son balcon central d'où tombait une draperie de pierre sculptée, s'apercevrait, majestueuse et princière, derrière une pelouse nue, en plein soleil.

Du reste son client était un homme qui certes ne manquait pas de goût. Ainsi, il avait imaginé de donner aux allées du potager les noms de chacun de ses enfants, et le carrefour où toutes aboutissaient autour d'un tonneau plein d'eau, s'appellerait symboliquement : carrefour de la Réunion. M. Duhamain déclarait l'idée si nouvelle et si patriarcale que, vraiment, il regretta qu'elle ne lui fût pas venue.

Sa femme le consola, par condescendance :

— On ne pouvait penser à tout.

Il répéta :

— Oui, on ne saurait penser à tout.

Elle remarqua son ton mélancolique :

— Tu ne vas pas te faire de la bile pour ça, j'espère.

— C'est égal, il craignait de demeurer amoindri dans l'esprit de cet homme et redoutait des humiliations, pour l'avenir. Il ajouta :

— Si j'avais su, je t'en aurais parlé, à toi.

Elle se défendait :

— Jamais elle n'aurait trouvé ça.

— Peut-être, ma fille.

Et après un silence :

— Peut-être.

Et le *XIX Siècle* le reprit, tout entier.

Mᵐᵉ Duhamain l'avait écouté tout étonnée de se sentir si indissolublement mêlée à la vie de cet homme qui l'associait ainsi à ses conceptions les plus futiles, à ses idées les plus saugrenues. L'image de Trudon lui revint à la mémoire, elle compara. Elle ne

savait au juste lequel était de physionomie
moins déplaisante, et préoccupés tous deux
des mêmes niaiseries, débitant des pau-
vretés équivalentes, ils se confondirent à
ses yeux en un même individu. Ensemble,
ils lui parurent résumer la platitude. Ainsi,
c'était donc ça la vie ?

Pendant qu'elle coiffait son filet de nuit
où ses cheveux tout blonds tombaient retenus par les larges mailles blanches, des phi-
losophies s'éveillèrent dont elle eut obscuré-
ment conscience. Elle comprit que la misère
des cœurs résulte non pas de la douleur continue qui les poigne, mais de l'effort qu'ils
font pour échapper à leur condition. L'idéal
qu'ils réclament ainsi qu'une délivrance se
montrait plus meurtrier encore que les vulga-
rités auxquelles ils tentaient de se soustraire,
et puis, il y avait en plus les dangers, les
craintes, les pertes d'habitudes, et aussi, et

invariablement, les retours plus douloureux, après les aspirations non réalisées. Elle devina quelle ampleur de sottise se manifeste dans les continuelles révoltes contre cette loi de la médiocrité universelle qui pareille à la gravitation et despotique autant que la pesanteur, ploie le monde et le soumet à son ordonnance : cette nécessité lui apparut qu'il fallait se tenir à sa place et tâcher de s'y faire tout petit pour diminuer les risques d'aventures et provoquer le moins possible les déconcertants déclanchements de la fatalité.

Et puis l'ennui dont elle croyait souffrir n'était sans doute point si considérable et rien ne le différenciait du bonheur qu'une plus longue accoutumance. L'imagination, toujours, aggravait les tristesses naturelles et puisque les réalités s'imposaient, sans cesse moindres que le rêve, le mieux consistait à s'étendre dans une platitude définitive. Au-

tant valait rechercher par inclination un état
où elle serait inévitablement ramenée par
force. C'était le calme assuré, d'abord, et
peut-être que de la continuité même naîtrait
à la fin une jouissance.

La tranquillité même de sa chambre à coucher la déterminait, et l'atmosphère recueil-
lie qui flottait autour d'elle semblait l'inviter
au renoncement. Maintenant, elle ressentait
la joie que l'on éprouve au retour des voya-
ges périlleux et lointains, quand après l'hébê-
tement des immenses trajets et la monotonie
des perspectives succédant aux hasards des
hôtels on jouit délicieusement des horizons
raccourcis contemplés chez soi, du fond de
son fauteuil. Les laideurs mêmes de son mobilier lui paraissaient réconfortantes. Elle
trouvait un attrait nouveau et séducteur dans
la lampe où un abat-jour en lithophanie
laissait transparaître un chasseur d'opéra

comique barrant un pont et tâchant d'embrasser une laitière. Elle s'intéressait aux tableaux symétriquement disposés au bout de longs cordons, sur les murs. Soldats français encadrés de drap militaire et soutenant le siège d'une maison effrondée en brûlant leurs dernières cartouches, jeunes faunes enlaçant des nymphes rieuses et court-vêtues, sur une balançoire, au milieu d'un bois, toutes ces images belliqueuses et ces figures sentimentales évoquaient devant elle le souvenir de bons jours écoulés dans les sourires et terminés dans les caresses. Quelles gaîtés quand le soir de leur fête, Adrien et elle, échangeant ces cadeaux, se témoignaient utilement leur affection et contribuaient à l'ornementation artistique de leur intérieur !

Mme Duhamain venait d'ôter ses bottines, et, les pieds dans ses pantoufles, elle s'abandonnait sur son fauteuil. L'honnêteté la reprenait ; lentement et comme par une insensible absorption de toute sa personne, elle réintégrait le devoir. Tout le bleu de sa chambre lui descendait dans l'âme, un bleu répandu partout autour d'elle, dans les rideaux, les tapis, les chaises et jusque dans les flacons de la table de toilette, un bleu monotone, aux froideurs symboliques, nuance familière des ménages apaisés et des tendresses effacées par l'habitude. Et au milieu de cette atmosphère alanguie où la lumière de la lampe diminuait, envahie par les ténébres, les portraits de famille plus sévères dans la pénombre la poursuivaient de leurs regards, lui imposaient leur soumission et leur exemple. Ils étaient là, autoritairement nuls. Hommes graves sur leurs cravates, femmes prudes sous leurs anglaises, les cadres, d'un or démesuré, entouraient des figures domestiquées par la vie, deux générations de physionomies résignées où les dernières révoltes avec les dernières ambitions s'étaient enfin calmées sous les fronts déprimés. Ceux-là, certainement, avaient tout subi sans jamais rien laisser paraître des blessures de leur vanité, des angoisses de leurs cœurs, et désespérant du mieux s'étaient victorieusement réduits à accepter l'existence telle qu'ils la rencontraient.

Alors, Mme Duhamain se coucha.

Dans la chambre, la lampe depuis longtemps allumée, brûlait noir et charbonnait sous son abat jour. Le vent froid de ce printemps triste comme un automne s'engouffrait dans la cheminée, faisait claquer le tablier de tôle, et à chacune des rafales, les cendres de l'an dernier, par envolées grises, s'éparpillaient sur le parquet. Des volets battaient, le long des maisons, au dehors.

— Quel temps, quel temps, dit M. Duhamain, et il émit cet avis que, pour une
belle journée de pluie, c'était une belle journée.

En ce moment des bottines talonnèrent au
plafond et un air résonna sur le piano, un de
ces airs canailles qui s'envolent des cafés-
concerts et sont répétés dans les rues par les
gaités mal embouchées. On le jouait mal,
sans accompagnement, et d'un seul doigt,
sans doute.

— Tiens, remarqua M. Duhamain, voilà
M. Trudon qui en a encore ramené une....

Il s'arrêta, mettant dans cette réticence
une considérable intention de mépris.

— C'est ainsi qu'on m'aurait traitée, pensa
Mme Duhamain. Et, sans relever le mot de
son mari :

— Ah ! oui, une belle journée, dit-elle.

Et résumant ses regrets, poussée par l'in-

conscient désir d'affirmer hautement sa volonté de future fidélité conjugale, d'une voix
suppliante elle ajouta :

— Vois-tu, tu ne devrais pas me laisser si
souvent seule.

Là-haut, chez Trudon, le piano s'était tu.
On n'entendait plus les bottines. M. Duhamain, toujours impassible, replia méthodi-
quement le *XIXe Siècle* et le déposa sur la
table de nuit en forme de chiffonnier. Puis,
après avoir éteint la lampe :

— Bah, dit-il, que veux-tu, ma fille, les
affaires sont les affaires.

Et le ménage sans caresses, le ménage
sans désirs s'assoupit doucement, mêlant ses
souffles, tandis que le balancier de la pendule
avec son va et vient raccourci, emplissait
l'ombre de la chambre du battement continu des heures monotones.

Telle était l'aventure au souvenir de laquelle Mme Duhamain souriait ironiquement
avec une sorte de pitié aiguë.

FIN

Châteauroux — Imp. Nunet, MAJESTÉ, successeur

www.ingramcontent.com/pod-product-compliance
Lightning Source LLC
Chambersburg PA
CBHW060933030726
47503CB00003B/571